ELLES

Cet ouvrage a été imprimé sur un papier issu de forêts gérées durablement, de sources contrôlées.

Couverture : Camille Révillon

ISBN : 978-2-7002-7546-9

SOPHIE RIGAL-GOULARD

ELLES

RAGEOT

« La vie est ton navire et non pas ta demeure. »

Alphonse de Lamartine

4 septembre

Marina

Moineau vient de se réveiller. Il sort de sa chambre avec les cheveux tout ébouriffés et sa tête de bébé oiseau. Il s'étire puis finit par demander d'une petite voix si Elle est là.

Je jette un œil sur les chaussures dans le couloir. Ses escarpins ont disparu. Elle est déjà partie. Elle a zappé la rentrée.

Je ne peux pas lui dire ça.

– Il y avait un message pour toi sur la table. Elle te souhaite une SUPER journée et Elle pensera fort à toi aujourd'hui ! je lance sans regarder mon frère.

– Il est où son message ?

– Ben… Je l'ai jeté… Tu veux le relire ?

Moineau hésite une seconde avant de secouer la tête. Il me croit sur parole. Ça m'arrange bien ce matin.

Je me trompe de placard en voulant attraper les bols du petit-déjeuner. En quinze jours, je n'ai pas encore eu le temps de m'y faire. Avant, on rangeait les bols et les tasses au même endroit mais dans cet appartement, j'ai l'impression qu'Elle a tout posé au hasard. Comme si c'était du provisoire.

LOL.

– J'ai pas faim.

– Un jour de rentrée, t'as pas le choix, Moineau.

Mon frère tire la chaise vers lui puis il s'assoit, déjà vaincu. Il ne résiste jamais longtemps. Il sait que j'ai toujours raison. Ou presque.

J'ouvre le frigo avant d'ajouter :

– Et je ne suis pas à ton service. Lève tes fesses, Moineau, et va chercher un couteau et des cuillères.

– Mon prénom c'est Vania.

Quand il est contrarié, mon frère me rappelle régulièrement son VRAI prénom. Celui que je n'utilise jamais. Ou seulement quand je suis en colère. Pour moi, il est « Moineau ». Je ne me souviens même plus quand j'ai commencé à l'appeler comme ça.

Je sais juste que nous étions encore une famille.

Vania a toujours ressemblé à un oiseau tombé du nid. On a envie de le prendre sous son aile. Et comme il se trouve que c'est mon frère, c'est la tâche qui m'incombe. Ma mission. Mon devoir.

– OK... Vania, dépêche-toi d'attaquer ton petit-déj, Vania, il te reste environ trente minutes, Vania, avant de partir, Vania, si tu ne veux pas être en retard, Vania, le jour de ta rentrée en CE3, Vania, dans ta nouvelle école, Vania.

Cette fois-ci, mon frère ébauche un sourire. Le genre « soleil derrière gros nuages ».

– Le CE3 tu l'as déjà dit, déclare-t-il la bouche pleine de yaourt. Tu peux éplucher ma pomme, Marina Marina Marina Marina, Marina ?

Je souris en croquant dans mon œuf. Vania fait semblant d'avoir un haut-le-cœur en me regardant. C'est comme ça, j'ai toujours aimé les œufs durs le matin.

Elle dit que c'est pour faire comme Lui mais c'est faux. J'aime les œufs parce que j'aime les œufs. Pas pour ressembler à mon père !

Le petit-déjeuner est expédié en moins de dix minutes. On se lève presque en même temps, mon frère et moi. Je lave les bols, il fait disparaître les miettes et nettoie la table. On est rodés. Le seul duo qui fonctionne dans la famille, c'est le nôtre.

Vania se dirige vers la salle de bains sans que j'aie besoin de le lui dire. En brave petit soldat, il a préparé sa tenue de rentrée seul hier soir. Dix minutes plus tard, il se plante devant moi avec son short en jean préféré, son tee-shirt « numéro 10 » et les baskets neuves qu'Elle lui a achetées.

Son sourire semble dire « c'est chouette la rentrée ». Mais moi, je sais décoder son regard et ce que j'y lis ressemble à de la peur. Normal quand on fait sa rentrée en CM1 dans la nouvelle école d'un nouveau quartier d'une nouvelle ville en mode… « nouvelle famille ».

Je brandis une médaille invisible et, en faisant mine de l'accrocher sur la poitrine de mon frère, je déclare :

– Messire Vania, vous êtes prêt en un temps record sans que j'aie eu besoin d'élever la voix. Vous êtes un chevalier moderne des temps nouveaux et à ce titre, je vous décerne la médaille de l'élève de CM1 le plus cool de l'école Maurice Pagnol.

– Euh, c'est Marcel… Pagnol, corrige Vania qui sourit franchement à présent.

– Bof ! Je trouve que ça lui va mieux Maurice ! je commente en attrapant les clés de l'appartement. Ça fait plus sérieux, non ? Moi, j'aime changer les prénoms de toute façon !

– J'avais déjà remarqué, lance Vania.

Il ouvre la porte et me précède dans l'escalier. Son allure reste vive jusqu'au croisement.

Juste après, son pas devient plus lourd. Comme si soudain, son cartable à roulettes était plombé. Je sens l'arrêt imminent.

– Messire Vania, sont-ce les rayons maléfiques de l'école qu'on commence à apercevoir qui vous paralysent à ce point ? Souhaitez-vous que je sorte mon bouclier magique pour les détourner vers un autre chevalier ?

Vania esquisse un pâle sourire. Je fais une autre tentative.

– Bon écoute… On n'a qu'à dire qu'on remet la rentrée à l'année prochaine ! Ou à dans deux ans ? On se tire, toi et moi ? Tu veux ? On saute dans un jet privé et on va voir les tortues des Galápagos ?

– Ou les tortues géantes des Seychelles ? ajoute Vania d'une voix vibrante.

Je lui fais un clin d'œil. J'ai gagné je crois.

Facile. Dès qu'on évoque son animal préféré, mon frère entre en transe. Il est capable de parler pendant une heure de la façon dont une tortue pond, se déplace, se nourrit, danse, chante… En se remettant en route, il me décrit par le menu sa dernière découverte concernant les migrations de certaines jeunes tortues.

– Tu sais qu'après leur naissance, elles sont capables d'effectuer des dizaines de milliers de kilomètres ? Quand elles partent, elles ont la taille d'une assiette et quand elles arrivent, elles peuvent avoir la taille d'une baignoire ! m'explique-t-il tout excité.

– Une baignoire ? Tu abuses, non ? Ou alors… Une baignoire pour les nains de jardin ?

Mon frère insiste et je fais comme si j'étais super intéressée. J'en rajoute des tonnes alors que je me contrefiche de la migration des tortues ! Elles peuvent faire la taille d'une soucoupe volante en arrivant à destination. Et même s'engager en tant que ninjas. Tout ce qui m'intéresse, c'est qu'elles aident Vania à oublier qu'on vient d'arriver devant la grille de sa nouvelle école et qu'il va devoir y entrer alors qu'il ne connaît personne.

La liste des classes est affichée. On est les deux seuls à la consulter fébrilement. Personne ne s'arrête. Les parents qui accompagnent leurs enfants filent droit vers la cour de l'école. Logique. Pour eux, les renseignements sont déjà pris depuis la veille. Les fournitures achetées. Les cartables préparés. Les vêtements repassés. Les encouragements prodigués. Les cheveux coiffés. Les mains serrées. Les sourires échangés. Les câlins prolongés. Les bises faites et refaites.

Ce sont des familles normales.

L'espace d'un instant, mon cœur bat un peu plus vite. Je ne vois pas apparaître « Vania Giroux ». Et si Elle avait oublié de l'inscrire. Si Elle avait cru le faire et qu'Elle…

– Je suis là ! crie soudain mon frère en désignant une des feuilles accrochées. Le CM1A de monsieur Chapon.

– Ah, il est cool monsieur Chapon ! je lance en levant mon pouce. C'est connu dans le quartier.

Vania hausse les épaules avec une grimace triste. Je ne supporte pas l'idée qu'il franchisse la grille de cette école inconnue sans un sourire apaisant ou un bisou consolateur de ses parents. Je saisis mon portable. Il est 8 h 18. Il me reste quelques minutes pour faire croire à mon frère que tout n'est pas pourri dans notre vie.

– Oh, tiens ! Un sms ! *Bon courage à mon fils qui est un warrior.* Tu vois, il y a pensé !

Vania me regarde dans les yeux. Est-ce qu'il voit que je suis la reine du pipeau ?

J'ouvre la paume de ma main et il vient y taper son poing. Ensuite, il se retourne et franchit la grille.

Je remonte la rue en courant presque et en priant le dieu de la rentrée que mon frère ne change pas d'avis avant que l'école ferme. Je ne me retourne pas. J'ai trop peur de l'apercevoir, petite silhouette bleue de plus en plus imprécise. Je me dépêche de mettre les écouteurs dans mes oreilles.

You'd better never come back… You should forget the past…

C'est la chanson que j'écoute en boucle en ce moment. Bonne musique qui me déchire les tympans vu le niveau sonore !

C'est exactement ce que je fais. Je ne regarde pas en arrière, je ne pense plus au passé. Je n'en ai ni le temps ni les moyens. Quand une lame de fond emporte vos souvenirs, difficile de repêcher ce qu'il en reste.

You'd better close your eyes… You could dream of heaven. Ooooh… Stop in the middle…

Mon portable vibre dans ma poche. Je jette un œil. On ne sait jamais. Elle ou Il vient peut-être de se souvenir que le 4 septembre, les gens normaux pensent à la rentrée de leurs enfants !

Tu me manques Marina. Bonne chance et énormes bises de ta Cam.

Ben voilà. J'avais réussi à tenir face à Vania et là, je pleure pour de bon. C'est malin. Je sais faire face au présent, campée sur mes deux jambes, les dents et les poings serrés. Je dirais même que je suis super résistante et que je me relève toujours. Sauf quand il s'agit d'affronter les souvenirs liés à mon passé. C'est au-dessus de mes forces. Toute plongée involontaire dans les eaux lisses de ma vie d'avant me coupe le souffle. Je peux m'y noyer.

D'ailleurs, je m'y noie.

Je balaie d'un revers de la main les larmes qui déferlent sur mes joues. Et je mets la musique encore plus fort.

Normal de recevoir des messages, Marina. Dans ta vie d'avant, tu y répondais. Et tu avais de longues conversations, souviens-toi. Elle disait que ton portable était ton doudou. Ah ah ah. Et son doudou à Elle, on en parle ?

Je ne répondrai pas tout de suite à Camille. Je ne suis pas en état.

Pour l'instant, je traite les dossiers urgents. Vania, c'est réglé, ou presque.

La suite, c'est moi. Il me reste encore deux heures avant MA rentrée. Dans l'appartement, je remplis mon sac à dos. Un classeur avec quelques feuilles, une trousse, un cahier déjà commencé. J'ai récupéré mes affaires de l'année dernière. Quand je lui ai demandé un agenda, Elle m'a répondu :

– Tu Lui demanderas. Du fric, il en a, Lui.

Elle ne prononce plus son prénom. D'ailleurs, Elle ne dit plus « votre père ». Si Elle pouvait l'éliminer définitivement de nos conversations, Elle le ferait. Comme Il revient toujours, un peu comme un boomerang, Elle a trouvé un moyen plus radical pour qu'on n'ait plus envie de lui en parler…

J'ai insisté pour l'agenda. Vania venait d'avoir une paire de baskets neuves. Un agenda c'était juste vingt fois moins cher ! Elle m'a regardée avec cet air qui me coupe les bras et les jambes à la fois.

Plus question d'en parler, au moins c'est clair. Les fournitures scolaires ne font pas partie des cadeaux « compensatoires » qu'Elle nous distribue. C'est comme ça ! On n'en est pas à une aberration près, non plus.

Il est 9 h 30.

Marina, on y va dans cinq minutes ma chérie ? J'imagine que tu dois être super stressée de faire ta rentrée dans un nouveau collège alors je vais faire un bout de chemin avec toi. On pourra discuter toutes les deux. Parler du passé… dépassé. Tu veux ?

Ben oui, ce serait cool, maman. Je suis très indépendante mais j'avoue que je redoute cette rentrée. C'est une rentrée sans papa. Et une rentrée sans toi aussi. Ben, en fait. C'est... une rentrée sans parents, on peut le dire, non ? Un vent de liberté totale chez les Giroux junior ! Te voilà silencieuse soudain. Tu veux ajouter quelque chose ?

Je détourne le regard pour ne plus me voir dans la glace. Je Lui ressemble, il paraît. Alors je joue à la mère et la fille qui auraient une discussion un matin de rentrée. Dans les familles normales, ça arrive.

Ensuite, j'attrape mon sac, les clés et je dévale à nouveau les trois étages de l'immeuble. Ça fait pile trente et une marches. Je le sais, je les compte à chaque fois que j'emprunte l'escalier. C'est mon rituel.

Trente et une. Comme le nombre de jours du mois d'août. Ou ceux de juillet. Les deux mois qui se suivent et se ressemblent en ce qui concerne la vie de notre famille qui n'en est plus une.

Eh oui... deux fois trente et un jours. Plus les trente de juin. Et les trente et un de mai. Je peux ajouter ceux d'avril et de mars ! Je fais un prix m'sieurs dames ! Qui veut les 184 derniers jours de la vie des Giroux ? Personne ? Allons, je vous demande un effort. Je brade cette VDM.

Et puis… si j'arrive à caser notre passif, qui sait ? Peut-être qu'une autre page s'écrira ? Une page pleine de fleurs et de cœurs ? Le genre de dessin débile que je faisais quand je croyais encore que chez les Giroux, on serait heureux jusqu'à la fin des temps.

J'en ai marre de penser. Un jour, ma tête va exploser. Je marcherai vers le collège et boum ! Mon cerveau se répandra en traînées dégoulinantes dans les rues.

Tant mieux. D'abord je déteste cette ville où nous sommes obligé.e.s de vivre, Elle, Moineau et moi. La salir me fera plaisir.

Ensuite arrêter de réfléchir me fera du bien.

Mais, là, vu l'endroit où j'arrive, mon cerveau va continuer à tourner à plein régime. Collège Mallarmé. C'est écrit assez gros sur la façade. Si Camille était à mes côtés pour cette rentrée en quatrième, elle m'aurait déjà dit que c'est assez logique pour un collège d'être « mal armé ». Je suis sûre qu'elle aurait ajouté :

– Idéalement, un collège doit être NON armé !

Je lui aurais répondu :

– Espèce d'inculte ! Tu ne sais pas que Mallarmé est un poète du XIXe ?

Elle m'aurait mis un grand coup de coude en ricanant que je ne comprenais pas son sens de l'humour incroyable. Et… Tais-toi Marina. Arrête de regarder en arrière. Camille n'est plus là.

Tu montes les marches de ce collège. Non. De ce cube super moche. Tu y entres et tu vas devenir Marina Giroux, la nouvelle de la quatrième… X ? Oublie le reste pour quelques heures.

Ta VDM te sautera de nouveau à la gorge très vite, t'inquiète.

4 septembre

Justine

Justine vient de se réveiller. Elle entre dans la cuisine en bâillant. Le calendrier qui lui fait face sur la porte du frigo ne laisse aucun doute possible.

C'est aujourd'hui qu'elle va découvrir une grande partie de ses élèves.

Elle a projeté de prendre un vrai petit-déjeuner mais les jours de rentrée ont toujours été difficiles et ce n'est pas aujourd'hui qu'elle réussira à avaler autre chose que quelques gorgées de thé.

Elle essuie son bol et le range à sa place sur l'étagère. Elle a fini par dénicher le petit plateau idéal pour que tous les contenants à café ou à thé soient bien alignés les uns à côté des autres. Ensuite, elle nettoie la table et l'évier. Elle jette un dernier regard avant de quitter la cuisine. Rien ne traîne.

C'est parfait.

Elle ne peut pas en dire autant du reflet que lui renvoie la glace de la salle de bains.

« Toujours aussi laide Justine. Qu'est-ce qu'on va faire de toi ? »

Justine soupire. Avant de rencontrer Martin, elle avait enlevé tous les miroirs chez elle pour ne plus faire face à son image et ne plus entendre Sa voix. Elle a fini par se rendre à l'évidence. On n'efface pas son passé. On vit avec. Plus ou moins bien.

Justine se réfugie dans la douche. Une fois la porte du CDI franchie, elle sait que tout se mettra en place. Mme Forestier, professeure documentaire et fière de l'être, prendra son premier poste de titulaire. Adieu les remplacements !

La « petite » Justine s'effacera. Et avec elle, s'évaporera cette angoisse de rentrée, vestige d'un passé où elle avait si peur d'affronter de nouveaux regards.

Seule Sa voix se fera entendre de temps en temps. C'est ainsi.

Elle enfile la robe soigneusement repassée qui l'attend depuis hier puis elle tire ses cheveux en arrière, en une queue-de-cheval très serrée.

Elle attrape le carton de nouveautés. Vingt-neuf livres. Tous lus. Vingt-deux en juillet et seulement sept en août. Maud l'a (presque) empêchée de lire pendant leurs quinze jours de vacances en Bretagne.

– Tu vas être toute l'année plongée dans des livres au collège, donc, là, tu es avec ta meilleure copine et tu n'as pas le choix : tu coupes ! En plus, ce n'est pas la tête dans un bouquin que tu risques de trouver un remplaçant à Martin.

Stop. Terrain miné... Justine refuse de penser à Martin maintenant. Elle arrête le film de ses souvenirs et range les livres dans le carton qu'elle a préparé.

Elle a eu l'idée de monter un club de lecture. Elle a donc déniché quelques incontournables avec l'envie de les mettre en avant. Son portable vibre sur la petite table de l'entrée. Justine y jette un œil. C'est un message de Maud qui lui souhaite une « *super rentrée avec des profs canon qui t'attendent déjà devant la photocopieuse !* » Justine sourit avant d'envoyer un « *I hope so* ». Pourtant elle sait très bien que Martin reste le seul qui...

Stop encore. Reset. On efface.

Justine pense au coup de téléphone qu'elle a reçu hier soir. La veille de la rentrée des classes, immuablement, Emma prend des nouvelles.

– Qu'as-tu fait pendant les vacances, à part lire, évidemment ? lui a-t-elle demandé.

– Euh... Comme d'habitude. Une semaine de cure en juillet et quinze jours à Quiberon avec Maud en août.

– Ta cure... à la Bourboule, j'imagine ?

Justine a tout de suite entendu la pointe d'ironie cachée dans la question de sa sœur aînée. Elle a parfaitement entendu le double de sa voix qui disait

« Ma pauvre Justine, voilà plus de quatre ans que tu pars là-bas soigner ton eczéma... Tu ne pourrais pas envisager un petit changement dans ta vie étriquée ? ». Justine aurait pu lui répondre « Laisse-moi gérer ma life », pour parler comme sa sœur qui aime adopter le langage de ses deux ados. Ou bien « Tu sais pertinemment que mon eczéma empire à la date anniversaire de Sa mort et il se trouve que ça tombe en juillet, d'où la semaine de soins qui font du bien à ma peau ».

Mais elle a gardé tout ça pour elle. Elle a juste pris sa voix la plus neutre possible pour annoncer qu'elle avait trouvé des romans magnifiques pour son neveu et sa nièce.

– Il faut que je leur envoie le dernier Tra... a-t-elle commencé.

– Justine, Ben et Lina ne lisent plus ! l'a coupée sa sœur avec un peu d'impatience dans la voix cette fois-ci. Ce n'est pas parce que tu as passé ton adolescence dans les livres que tout le monde est comme toi... Ils ont dix et douze ans. Tu sais bien qu'à cet âge...

Emma s'est ensuite lancée dans une grande explication. Elle a tenu à démontrer qu'il y a un moment dans sa vie où on ARRÊTE de lire. Principalement quand on est un ado. Justine a soupiré discrètement puisqu'elle passe ses journées avec des lecteurs qui ont entre onze et quinze ans, mais elle n'a rien ajouté. Quand elle a le droit à « la vie selon Emma », ses oreilles se bouchent. Elle entend un bruit vague. Un peu comme le flux et le reflux de la mer. Une sorte de berceuse.

Jusqu'à ce qu'Emma conclue son discours avec un :

– Bon, écoute, bonne rentrée ! Ce ne devrait pas être trop dur puisque tu as eu le temps de te reposer TOI au moins !

– Oui je sais Emma. Les profs ont tellement de vacances ! a répondu Justine. Tu me l'as déjà dit. Mais si tu compares mon salaire et le tien, on...

– Non ! l'a coupée sa sœur. Je voulais surtout souligner que TOI, tu n'as pas eu deux préados à gérer pendant ces deux mois. Allez, on t'embrasse.

À chaque fois qu'elle raccroche après ce coup de fil de la rentrée, Justine a toujours cette pensée : « Emma et moi sommes de la même famille... » Elle reste incrédule quelques secondes... et la vie continue. Jusqu'à l'appel suivant. Sa sœur ne lui manque pas et elle n'a rien à lui dire. La seule chose qu'elle lui envie, c'est son prénom. Leurs parents se sont trompés en lui donnant le nom de l'héroïne du roman de Flaubert... Elle qui a toujours détesté les livres !

Justine attrape le roman pour ados qu'elle a fini cette nuit et elle le pose avec les autres destinés au CDI. Elle ferme la porte, glisse le carton dans l'ascenseur qu'elle expédie au rez-de-chaussée et elle descend à pied puisque sa claustrophobie l'empêche de pénétrer dans des cabines étroites.

Elle ne peut pas s'empêcher de compter les marches au fur et à mesure. Un rituel quotidien parmi les autres.

Il lui faut à peine un quart d'heure en bus pour rejoindre son lieu de travail. Quelle chance d'avoir été nommée si près de chez elle !

Arrivée devant le collège, Justine lève les yeux sur la façade.

– Stéphane Mallarmé est un poète né à Paris en 1842 et mort à Valvin en 1898, murmure-t-elle.

Elle ferme les yeux quelques secondes et se laisse envahir par les premiers vers de *Brise marine*, l'un des textes du poète.

« *La chair est triste, hélas ! Et j'ai lu tous les livres. Fuir ! là-bas fuir…* »

Ensuite seulement, elle entre dans le collège.

20 septembre

Marina

– Il continue à me regarder. Ça me met super mal à l'aise d'ailleurs. Les autres ont arrêté très vite de me fixer comme une bête curieuse, mais pas lui ! Je sens qu'il veut me parler mais vu les regards noirs que je lui lance, il doit hésiter.

– Cooool ! Tu as déjà un mec qui te kiffe ! Il s'appelle comment ?

– Sam. Mais il est super moche.

C'est totalement faux mais je préfère dire ça. Camille insiste.

– Allez menteuse, avoue… Il te plaît, non ?

J'aurais mieux fait de ne pas lui parler de ce garçon qui me regarde dans ma classe.

Mais elle voulait tout savoir sur ma nouvelle vie. Dans quel genre d'appart vit-on ? Comment est mon collège ? Et la ville ? Est-ce que les profs sont cools ? Et les élèves ? Et Vania ? Et ma mère ? J'ai pris l'option la moins dangereuse : le bahut. Au moins là, je n'ai pas besoin de mentir.

Je finis par lui demander des nouvelles de son ex pour qu'elle oublie son interrogatoire.

– Allez... Je te le dis, j'ai re-craqué ! Tom n'est plus mon ex. Il est mon ex ex si tu préfères !

Le rire de Camille résonne à mon oreille. Pourquoi ça me donne envie de pleurer ? Est-ce que c'est d'imaginer ma meilleure copine et son chéri devant la grille de mon ancien collège qui me rend si triste ? Ou est-ce que c'est le fait de penser que j'aurais pu être assise pas très loin d'eux si ma vie n'avait pas changé ? Non je crois que c'est juste le rire de Camille qui me fait mal. On s'est tellement marrées elle et moi...

– Bon je parle, je parle mais tu ne m'as toujours pas dit comment est l'endroit où vous vivez !

Je serre fort les paupières pour chasser les larmes qui montent doucement. Je regarde autour de moi.

– C'est moche ! je finis par lancer d'une voix faussement enjouée. Petit et moche. Mais bon, c'est du provisoire il paraît. Ma mère cherche un appart un peu mieux.

– Comment elle va d'ailleurs ? Elle s'habitue ?

Mon « Ça va ! » sonne faux mais ma meilleure copine continue...

– Je l'ai toujours trouvée super cool, ta mère ! Mais là, elle est méga forte ! Partir comme ça avec vous dans une ville inconnue après sa séparation d'avec ton père, c'est pas évident ! Heureusement qu'elle a pu être mutée !

« Super cool » et « méga forte ». Ben, pas vraiment en fait.

Mais je dis « Oui, oui ». J'en rajoute même. Comme si tout était normal.

– Son nouveau boulot est très prenant mais ça lui plaît. Vania a l'air de bien aimer sa nouvelle école. Il a déjà un copain dont il parle assez souvent. Et moi… la vie continue quoi ! Un bahut, des profs, une classe dans laquelle je suis de moins en moins la nouvelle.

– Ne me dis pas que tu as trouvé des copines aussi géniales que moi ?

– Impossible ! Et puis, pour l'instant, je suis en mode observation. Je me fonds dans le décor pour essayer de ressembler à une élève standard…

Camille me rappelle nos derniers jours ensemble. Elle évoque une anecdote dont je ne me souviens absolument pas.

– Mais si, c'était pendant le cours de cette grosse vache de Fustier ! Et le lendemain, Aymeric nous avait invitées…

Ma copine insiste et je fais semblant de me souvenir. Mais je suis troublée. Et si ma mémoire était en train de s'effacer ? Je ne veux plus regarder en arrière alors… Est-ce que je ne suis pas en train d'oublier VRAIMENT mon passé ?

J'entends la porte d'entrée s'ouvrir. Vania rentre seul de l'école depuis lundi. Elle a fait le trajet avec lui un soir de la semaine dernière et « ça s'est très bien passé », a-t-Elle dit. Ensuite, Elle l'a serré dans ses bras à l'en étouffer. « Mon bébé d'amour à moi qui devient un grand garçon », répétait-Elle. Vania s'est laissé câliner alors que d'habitude, il déteste qu'on le traite de « bébé ».

Il est comme moi maintenant. Il arrive à sentir quand Elle est au bord de la crise.

Camille éclate de rire. J'ai loupé un épisode. J'étais en train de faire des signes à mon frère pour lui montrer que j'ai acheté des pommes pour son goûter. Elle a encore oublié plein de trucs quand Elle est allée faire des courses. Il n'y avait plus un fruit ou un légume dans le frigo depuis cinq jours. Par contre, Elle a acheté cinq packs de yaourts aromatisés à la fraise (ils étaient en super réduc au Monop du coin, nous a-t-Elle expliqué) et on a dû en manger midi et soir pendant une semaine !

– Ce sera cool ! J'ai raison, non ?

Camille attend ma réponse. J'ai écouté une phrase sur deux alors au hasard, je réponds « Évidemment ! » en espérant que j'ai fait la bonne pioche. C'est le cas puisqu'elle se lance dans un programme détaillé de tout ce qu'on fera ensemble dès que je reviendrai dans mon ancienne ville mais là, je ne l'écoute plus.

Elle vient de rentrer et vu la façon dont Elle se débarrasse de ses escarpins, quelque chose ne va pas. Immédiatement, mon ventre se noue. Dans la minute qui suit, Elle ouvre le buffet du salon. Vania l'a vue lui aussi et il s'approche, l'air inquiet. Mon cœur bat plus vite. Je ne la quitte pas des yeux en bredouillant n'importe quoi pour mettre fin à ma conversation téléphonique. Camille n'a pas l'air de se rendre compte de l'urgence absolue de la situation. Elle me quitte en m'expliquant qu'elle va rejoindre son « ex ex ».

Moi, je vais affronter ma mère.

Mais ça, je le garde pour moi.

9 octobre

Justine

C'est son propre cri qui la réveille. Elle est en nage. Elle allume sa lampe de chevet et s'assoit. Il est 4 h 57.

C'est la deuxième fois cette semaine.

Les cauchemars sont revenus au galop.

Justine attend patiemment que les battements de son cœur s'apaisent. Cette nuit, c'était encore plus réel. Elle avait l'impression qu'Il était là, juste à côté. Sa voix lui répétait « *Mais regarde-toi Justine ! Il faut faire quelque chose !* ». Ensuite, elle Le voyait tomber.

Justine finit par se lever. Elle évite soigneusement le miroir de sa chambre. Elle se dirige vers la cuisine. Machinalement, elle attrape sa bouilloire et remplit une boule de thé. Elle verse l'eau dans la tasse et regarde la fumée s'échapper lentement. C'est ainsi qu'elle voudrait procéder avec ses pensées. Laisser infuser celles qui lui font du bien et réduire en fumée celles qui se transforment en cauchemars.

Justine ne touche pas à sa tasse. Elle fixe juste le liquide qui brunit peu à peu en se demandant pourquoi elle a encore rêvé de Lui. Elle qui pensait que la rentrée l'aiderait à faire le vide…

Elle ferme les yeux. Elle aimerait savoir pourquoi ses cauchemars ont recommencé. Et surtout pourquoi ils s'installent. Machinalement, elle gratte la face interne de son coude. Sa plaque d'eczéma s'étend, comme une rivière qui déborde de son lit. Ses paupières en sont couvertes aussi. Elle va devoir porter ses lunettes tout le temps ces prochains jours. Les montures épaisses cachent bien les rougeurs.

Soudain, Justine se souvient ! Elle a rêvé de Lui il y a pile une semaine ! Le jour de la crise d'asthme de la petite nouvelle.

À présent, elle revoit très nettement le visage de cette élève. Elle ne l'avait jamais aperçue au CDI avant. Elle était même certaine de ne jamais l'avoir croisée au collège.

Sa crise d'asthme a été soudaine et violente. Le CDI était quasiment vide. Ce sont les cris de Laura du club lecture des cinquièmes qui l'ont alertée.

– Madaaaame, venez viiite, ça va pas du tout, là. Ma voisine n'arrive plus à respirer.

Justine a immédiatement lâché la pile de revues qu'elle tenait à la main pour se précipiter vers le coin BD. Une jeune ado respirait vite et fort avec le sifflement caractéristique de la crise d'asthme. Elle était pâle et ouvrait de grands yeux. Elle a désigné son sac d'une main tremblante. Son souffle rauque était de plus en plus impressionnant. Justine a gardé son sang-froid. Quand il s'agit des autres, elle est toujours à la hauteur. Elle a saisi le sac et l'a donné à la jeune fille qui s'est mise à fouiller fébrilement à l'intérieur pour en sortir un spray de Ventoline. Elle a inhalé trois bouffées successives et sa respiration est devenue plus calme. Après deux bouffées supplémentaires, elle respirait normalement. Justine a pu lui demander comment elle se sentait.

– C'est bon, ça va, lui a répondu la jeune fille d'une voix éraillée. J'ai l'habitude.

– Mais pas nous ! s'est exclamée Laura. On a eu super peur, madame Forestier et moi.

– Je vous assure que je vais bien. Ne vous inquiétez pas.

Justine l'a dévisagée. De longs cheveux blonds encadraient son visage fin dans lequel se détachaient ses yeux bleus bordés de cernes noirs. La nouvelle élève semblait très nerveuse et on sentait à quel point elle s'efforçait de maîtriser sa respiration encore sifflante. L'air anxieux, elle regardait les témoins de sa crise en hochant la tête comme pour mieux convaincre que tout était fini.

– Tu es sûre ? a insisté Justine. Je peux demander à Laura de te conduire à l'infirmerie…

– Non ! Ce n'est rien. J'étais en retard ce matin et j'ai couru pour venir au collège. C'est pour ça que j'ai eu cette crise mais c'est pas grave. Je dois y aller de toute façon, j'ai cours. Pas la peine d'en parler à l'infirmière, je gère.

Sans un mot de plus, l'ado a jeté son sac sur son épaule et elle s'est dirigée vers la sortie. Laura a regardé Justine avec une moue qui montrait combien cet épisode l'avait stressée…

– Tu la connais ? a demandé la prof doc. Elle est nouvelle, non ?

– Je crois qu'elle est en 4e B, a précisé Laura. Mais je n'en sais pas plus.

Justine est retournée ranger ses revues. Elle a pensé à cette ado jusqu'à la récré. Il lui semblait encore entendre le sifflement de sa respiration et elle revoyait son air affolé. Dans la salle des profs, elle s'est renseignée auprès de la prof principale des quatrièmes B. Elle a appris que cette nouvelle élève s'appelait Marina Giroux et qu'elle était arrivée cette année au collège. Justine a voulu évoquer sa crise d'asthme…

Et puis, au dernier moment, elle s'est tue.

Est-ce à cause du regard angoissé de cette élève qui lui est revenu en mémoire ? Ou est-ce parce que cet épisode lui a rappelé sa propre enfance lorsque son prof de gym en sixième avait désigné les plaques rouges qui lui zébraient les jambes et les bras avant de déclarer :

– Tu vas montrer ça à l'infirmerie de toute urgence. Je ne veux pas d'une élève potentiellement contagieuse dans mon cours.

Justine s'est tue mais elle s'est promis qu'elle parlerait au plus vite à Marina Giroux. Or, voilà plus d'une semaine qu'elle n'a pas mis les pieds au CDI.

– C'est cette nuit-là que j'ai fait mon premier cauchemar, et les autres ont suivi, déclare Justine à voix haute avant d'attraper son bol pour y plonger les lèvres.

Justine finit son thé. Ensuite, elle attrape son livre. Elle a toujours lu plusieurs romans à la fois et elle a l'habitude de poser un livre dans chacune des pièces de son appartement. Celui de la cuisine est un roman pour adultes. Une belle histoire d'amour entre deux héros très différents. Le genre de love story qui fait monter les larmes aux yeux quand on vient de vivre une rupture douloureuse comme elle. Mais ce soir, elle ne pense pas à Martin. Si elle n'est pas concentrée sur son livre, c'est à cause de Marina.

Étrange comme le visage de cette ado est précis dans sa mémoire.

Il faut vraiment qu'elle lui reparle, se dit-elle.

13 octobre

Marina

Je ne voulais plus mettre un pied au CDI, c'est raté.

Mme Forestier m'a tout de suite repérée. Je vois qu'elle me regarde discrètement.

– Qu'est-ce que tu penses de cette prof, toi ?

Éva réfléchit un moment. C'est ma voisine de table en maths et en français et je commence à m'habituer à sa présence. Disons que je suis un peu moins sur mes gardes. Surtout depuis que je sais qu'elle est très occupée en dehors des heures de cours puisque sa passion c'est le cheval. Nos deux univers ne risquent pas de se croiser une fois le collège terminé et c'est juste ce que je veux.

– Ben... je la trouve plutôt sympa. Et puis c'est bien qu'elle soit jeune ! C'est le genre à te conseiller des bouquins « qu'il faut lire dans sa vie » et à monter des clubs lecture et tout ça. Bon je trouve ça lourd de nous expliquer encore le fonctionnement du CDI alors qu'on le connaît par cœur. Elle doit être un peu maniaque puisqu'elle veut qu'on respecte le règlement. Mais à part ça, ça va, elle est cool. Super moche mais cool.

Je tressaille. J'ai l'impression que la prof doc était encore en train de me regarder et je me dis qu'elle a dû lire sur les lèvres d'Éva ! Mais non, elle reste imperturbable et continue ses explications sur le classement des documents. Je lui jette des regards en coin, moi aussi. C'est vrai qu'elle est jeune mais elle s'habille comme une vieille ! Et ses énormes lunettes ne lui vont pas. Elle lui donne un genre « no life ».

C'est le terme qu'Elle utilisait à l'époque où Elle en avait une de life…

Je ne sais pas si la prof doc a parlé à l'infirmière de ma crise d'asthme. Je ne pense pas. Je n'ai eu aucun retour depuis plus de dix jours, donc je peux me considérer hors de danger.

À moi de faire gaffe maintenant. Si je n'avais pas emporté ma Ventoline ce jour-là, comment les choses auraient-elles évolué ? Je me serais à moitié étouffée… et le collège l'aurait appelée. Elle serait venue, c'est sûr.

Ou pas.

Ou Elle serait arrivée à l'envers.

Et là, tout le monde aurait su.

– T'as vu ? On dirait qu'elle tient LA coupe du monde !

Éva me tire de mes pensées. Tant mieux. Je n'ai pas envie de revoir le film de sa crise de la semaine dernière. Il commence tout juste à s'estomper.

Mme Forestier nous montre un livre. Ses yeux brillent d'excitation derrière ses grosses lunettes.

– C'est une édition assez ancienne de *Fahrenheit 451* de l'écrivain américain Ray Bradbury. Certains d'entre vous m'ont parlé d'une adaptation en film. Je vous conseille de lire l'original ! Vous y découvrirez un monde futuriste hostile à la lecture dans lequel des pompiers brûlent les livres. Glaçant.

– Ben non madame, le feu, c'est plutôt chaud non ?

Mme Forestier ne relève pas. L'humour de Sam n'a pas l'air de l'atteindre. Celui-ci me regarde en coin. Je suis sûre qu'il a sorti cette vanne débile juste pour me voir sourire. C'est son nouveau jeu. En classe, il fait le clown et il se tourne vers moi dans l'espoir de voir les coins de mes lèvres se relever.

Le pauvre ! Il part perdant. Je crois que je ne ris plus qu'en rêve.

Et encore.

La séquence au CDI prend fin. Mme Forestier nous invite à emprunter un roman si on le souhaite. Je prendrais bien *Fahrenheit 451* mais je me dis que si je…

– Marina ? Est-ce que je peux te parler cinq minutes ?

La voix de la prof doc vient de résonner dans mon dos. Immédiatement mon cœur s'accélère. Je le savais.

Je ne me retourne pas. Surtout pas.

Comme Sam passe devant moi, je lance sans réfléchir :

– Saaam ! Tu pourrais me prêter ton cours de maths de ce matin ? Je n'ai pas eu le temps de noter la fin.

L'intéressé reste bouche bée une seconde. Ensuite, il sourit. Un sourire de deux mètres de large.

– Tout de suite ! crie-t-il. Attends. Je te file mon classeur si tu veux !

Comme il part chercher son sac, je le suis.

La prof doc ne me rappelle pas. Je reste toujours dos à elle, histoire de ne surtout pas croiser son regard de fouine.

Sam vide son sac par terre. Il est super nerveux comme si soudain, son classeur de maths valait de l'or. Je n'ai pas fini de l'avoir sur le dos ! Il va s'imaginer que je le kiffe puisque c'est SON cours que j'ai demandé.

Pas grave. Sam sera facile à tenir à l'écart.

La prof doc c'est une autre histoire.

Je sors du CDI avec Sam derrière moi qui me parle non-stop. Forestier est occupée avec une élève.

À partir de maintenant, je vais redevenir invisible. Et le rester. Plus d'erreur possible.

Je mets au moins dix minutes à me débarrasser de Sam à la sortie. Gentil, mais un peu lourd. Je me dépêche de rentrer. Le mardi, Vania va à la piscine et il rentre affamé à la maison. Je vais acheter du pain et du chocolat. Le frigo est encore à moitié vide. Heureusement que j'ai accès à sa cagnotte « secrète ». Tu parles d'un secret !

En ouvrant la porte, je vois tout de suite que Vania a pleuré.

– Qu'est-ce qu'il y a Moineau ? je lui demande inquiète. Elle est là ? Elle a encore...

– Non, me coupe mon frère. J'ai eu papa au téléphone et ça m'a fait pleurer. Il demande que tu le rappelles.

Immédiatement, la colère m'envahit.

– Je le rappelle si je veux, je déclare d'un ton sec. Et toi, essuie tes larmes ! Il ne les vaut pas.

– J'ai le droit d'avoir de la peine, non ? crie Vania. Il me manque. Et puis s'il était encore là, maman...

– Il n'est PLUS là Vania ! T'as compris ? Et Il ne le sera plus jamais. Et c'est à cause de lui qu'Elle est comme ça, je te signale ! T'es bouché ? Tu n'as pas encore compris que c'est sa faute ? Qu'Il nous a pourri la vie ? Qu'Elle a sombré à cause de lui ?

Mon frère essuie ses larmes d'un geste rageur. Ensuite il lâche :

– T'es dégueulasse de dire ça. Je te DÉTESTE !

Il s'éloigne vers sa chambre et il claque rageusement la porte. Je sais qu'il est couché sur son lit et qu'il pleure.

Je grince des dents. Un jour, elles vont tomber. Bim ! D'un seul coup. À force de serrer les mâchoires pour ne pas hurler.

Si j'appelle mon père dans les minutes qui suivent, je suis capable de tout lâcher. Alors je vais me calmer un peu et ensuite, peut-être que je lui téléphonerai.

Ou pas.

Je revois très nettement le jour où Il nous a annoncé son départ. Je n'ai donc pas oublié complètement mon passé… Vania et moi, on se doutait que nos parents ne formaient plus LE couple de l'année. Et j'avoue que lorsque j'ai appris qu'ils se séparaient, j'ai été soulagée. Les entendre hurler, ce n'était pas vraiment drôle !

Si on m'avait expliqué la suite des événements, j'aurais choisi les cris. Même pour l'éternité.

– Moineau. Je peux entrer ?

Je colle l'oreille contre la porte de sa chambre et j'entends :

– Mon prénom, c'est Vania.

C'est mon code d'entrée à moi. Preuve que mon frère me parle encore.

Quand on se dispute, on n'est pas fâchés longtemps lui et moi. On a intérêt. On est le seul duo qui tienne le choc dans notre famille qui n'en est plus une.

J'entre et je m'assois à côté de lui sur son lit. Il me tend la main sans se retourner.

Je la saisis et la serre fort. Lui, je l'aime pour la vie.

– T'es VRAIMENT sûre qu'il ne reviendra PLUS JAMAIS ? me demande-t-il d'une voix chargée de larmes.

– Moineau... On a déjà discuté dix mille fois de ça, je soupire. Quand des parents se séparent, en général, ce n'est pas pour se remettre ensemble.

– Oui mais... Si on retourne à Versailles et que...

Je lui mets un doigt sur la bouche pour qu'il se taise.

– Elle travaille ici maintenant donc...

– Pourquoi tu dis toujours « elle » quand tu parles de maman ? me coupe soudain Vania. Tu... Tu ne l'aimes plus ?

Petite, je pensais qu'on avait une réserve de larmes pour la vie et que si on pleurait beaucoup, un jour, nos yeux resteraient secs à jamais. Absurde. J'ai dû verser des litres de larmes depuis quelques mois. Et le stock est inépuisable vu ce qui coule sur mes joues.

Je détourne la tête parce que je ne veux pas que mon frère voie à quel point sa réflexion me touche.

Il faut absolument que je pense à m'acheter une armure, j'ai encore oublié. Quand je sens que je vais arriver à parler sans sangloter, je murmure :

– C'est… Ce n'est pas une question d'amour ! Je dis Elle… parce que ce qu'Elle est en ce moment, ça ne ressemble pas à ce que… maman était. J'attends de pouvoir l'appeler comme ça à nouveau.

Vania me fixe avec ses yeux de petit oiseau.

– Oui. Je comprends, acquiesce-t-il gravement.

Mon frère a juste neuf ans mais parfois, il a la sagesse d'un homme qui a vécu plusieurs vies.

On vieillit plus vite quand on a une VDM.

7 novembre

Justine

Justine soupire en remplissant son verre d'eau. Elle est envahie de pensées négatives. Elle a encore très mal dormi. Ce début d'année scolaire s'avère chaotique.

Les années précédentes, elle était heureuse au collège. Et même pendant ses remplacements, son métier de prof doc était galvanisant. Il s'opérait toujours cet accord parfait entre elle, les livres et les élèves. Comme une réaction chimique qui fonctionnait parfaitement et la rendait… heureuse ?

Mais où est passé cet entrain qui la poussait à prolonger ses recherches le week-end, à fouiner en librairie et rapporter des nouveautés à proposer en lecture ou à aller voir des expos et revenir avec des idées supplémentaires pour son CDI ?

Qu'est-ce que tu as fait de ton énergie Justine ? se questionne-t-elle. C'est quoi ce blues que tu traînes ? La fatigue ? Les nuits agitées ? C'est ça qui te plombe ?

Ou c'est ton histoire avec Martin qui n'en finit pas de te dévorer le cœur ?

« *C'est juste parce que tu es moche. Qui va vouloir de toi ?* »

Justine projette son verre d'eau de toutes ses forces contre le mur d'en face pour ne plus entendre Sa voix. Il éclate contre le miroir qui oscille comme s'il semblait hésiter à se décrocher du mur. Mais il résiste et reste en place.

Justine s'appuie le long du mur puis elle glisse doucement par terre.

Elle laisse couler ses larmes, en harmonie avec l'eau qui ruisselle le long du mur en face d'elle.

Elle a sept ou peut-être huit ans. Il vient de rentrer dans sa chambre alors qu'elle s'admire devant le miroir. Sa robe est bleue… ou verte. Justine a oublié. En tout cas elle est neuve ! Elle est prête à se rendre à l'anniversaire de sa copine d'école et elle est si fière de son reflet…

Alors pourquoi la regarde-t-Il avec cet air méchant ? Pourquoi Sa bouche se tord-elle en une grimace affreuse ? Et pourquoi lui attrape-t-Il le bras de cette façon ?

« *Regarde-toi Justine ! T'es moche ! Je vais l'éclater ce miroir pour que tu ne voies plus ta tronche ! Mais comment j'ai pu avoir une fille pareille ? C'est encore un coup de ta mère, ça ! Elle aussi, elle est pas reluisante !* »

Ensuite… La petite Justine ne voit plus rien parce qu'elle pleure trop.

La jeune femme d'aujourd'hui imagine qu'Il a dû se traîner hors de la chambre en continuant à vociférer.

C'était toujours ainsi les jours où Il avait bu. Elle n'a pas oublié cet épisode, premier d'une longue série, puisqu'elle est restée Sa cible principale.

Immanquablement, beuverie après beuverie, Justine a subi les attaques verbales de son père. Les mots qui détruisent et qu'on n'oublie pas. Il ne l'a jamais frappée.

Mais Il ne l'a jamais aimée.

Elle essuie ses joues lentement comme pour effacer les traces de son chagrin. Même si elle sait que le chagrin ne s'efface pas. En tout cas, pas le sien. Impossible de s'en débarrasser.

Il est là, en elle.

Il a creusé un sillon indélébile.

Sa voix l'entretient.

Il l'a convaincue. Elle est laide à tout jamais. Elle pensait avoir trouvé un moyen de vivre avec cette idée mais elle est en train de sombrer !

Et Martin n'est plus là pour la prendre dans ses bras. Elle qui avait fait de leur histoire d'amour un rempart contre Son pire cauchemar. Il va falloir qu'elle accepte de l'avoir perdu. C'est Sa voix qui remplace celle de Martin désormais.

Justine se relève puis elle saisit un balai pour enlever les bouts de verre qui jonchent le sol. Elle se sent pitoyable dans son pyjama à carreaux. Il est 8 heures à peine et ce dimanche va être particulièrement long, elle le sait.

Elle pensait relire les documents pour le voyage organisé des quatrièmes. Bérénice, une des profs d'anglais du collège, emmène régulièrement ses élèves en séjour à Londres et Justine s'est portée volontaire pour être accompagnatrice. Il y a toute la paperasserie à remplir et c'est Justine qui s'y colle puisque sa collègue a pensé qu'elle n'aurait rien d'autre à faire.

« Tu veux bien t'en occuper ? Tu n'as pas une famille à gérer, toi ! » lui a-t-elle assené dans la salle des profs.

Ben voyons... Justine est toujours disponible.

Ce devait donc être une journée « cocon », comme elle les nomme. Quelques heures légères et douces où elle devait aussi rendre visite à Maud qu'elle n'a pas vue depuis le mois dernier et qui lui a envoyé un message adorable la veille au soir.

G une migraine terrible désolée Maud. On remet ça ?

Justine écrit ce message-mensonge après avoir rangé la cuisine.

Ce dimanche sera un jour noir. Elle va se blottir sur son lit.

Elle va se laisser sombrer.

Ses souvenirs sont comme des boomerangs. Ils sont en train de revenir. Tous. À grande vitesse.

15 novembre

Marina

– Là, ça va pas être possible.

J'ai murmuré mais Éva m'a entendue.

– Qu'est-ce qui ne va pas être possible ? m'a-t-elle demandé suffisamment fort pour que la prof d'anglais s'interrompe.

Évidemment, tous les regards se sont tournés vers nous, ce que je déteste au plus haut point. Éva a baissé la tête d'un air embêté. Je l'ai imitée. La prof a repris son discours.

Et moi j'ai essayé de respirer calmement en posant une main sur mon cœur pour apaiser ses battements. Tout s'est mélangé dans ma tête. Je n'ai plus entendu que des bribes :

– Quatre jours... Londres... Immersion... Programme quatrième. Février.

Je n'arrivais plus à relier les infos entre elles. Mon cerveau a dû faire un reset juste après la première phrase de la prof :

– Je prévois un voyage à Londres avec votre classe.

Un voyage scolaire…

J'en ai déjà fait un dans ma vie d'avant. Avec Camille. En sixième. C'était cool. Ils étaient là Elle et Lui. Je n'avais pas à me soucier de l'état du frigo. Et je ne redoutais jamais de voir ma mère rentrer chez nous. C'était l'époque où je pouvais laisser Moineau sans avoir le ventre noué.

Aujourd'hui, c'est inenvisageable.

À la récré, ça discute fort ! Tout le monde parle du voyage. En mode surexcitation.

– Pourquoi tu disais que ça ne sera pas possible pour toi de venir ? me demande Éva.

– Ben… On n'a pas trop d'argent en ce moment à la maison, donc…

Je grimace d'un air gêné. Éva n'insiste pas. C'est une fille sympa.

Et je ne lui mens pas complètement en plus. Ce n'est pas la joie côté cagnotte secrète ! Elle n'a plus mis un seul billet dans la boîte à thé depuis au moins dix jours ! J'ai dû piocher dans mes économies personnelles pour acheter des barres de céréales l'autre jour.

Heureusement qu'Il m'a « filé du fric », comme Elle dit…

Ça nous a fait super drôle à Vania et moi, de retourner à Versailles pour les vacances de

Toussaint. J'ai longtemps hésité avant d'accepter de le revoir. Ce qui a fini par me décider, c'est que je ne voulais pas laisser Moineau seul avec lui. Il aurait fini par craquer et tout lui raconter. Je connais mon frère, il est trop sensible pour résister si on le questionne habilement. Et Il est très doué pour ça. On a d'ailleurs subi un véritable interrogatoire. Mais Vania et moi, on s'en est tenus à ce qu'on avait décidé. Il n'a su que ce qu'on a bien voulu lui dire.

Revoir Camille a été à la fois super joyeux et super douloureux. Malgré les deux mois de séparation, c'était comme si on s'était quittées la veille. Mêmes fous rires. Même complicité.

Pourtant, je suis loin de lui avoir raconté la vérité.

La veille de notre départ, j'ai eu une trouille immense. J'allais m'endormir quand Vania est venu me voir.

– J'ai plus envie de rentrer, Marina. Je veux rester ici... avec papa.

J'ai eu l'impression d'entendre le bruit de mon cœur. Il se déchirait en deux. C'était juste ce que je redoutais le plus. Qu'on se sépare, lui et moi.

– Je comprends Moineau, j'ai murmuré en essayant de ne pas laisser l'émotion transparaître. Mais tu sais très bien que moi, je ne peux pas la laisser.

Il m'a regardée avec sa tête de vieil homme sage, alors que l'instant d'avant il était encore mon Moineau tombé du nid.

– Oui. Elle a besoin de nous. Tu as raison, a-t-il fini par dire. Mais il y aura bien un jour…

– Oui. On s'envolera Moineau, t'inquiète.

Et on est rentrés ensemble pour reprendre notre VDM. En pire.

– Trop coool le voyage ! Bon quatre jours, c'est court mais se casser du collège, ça va le faire, non ?

Sam attend ma réponse. Éva l'a surnommé « mon ombre » la semaine dernière et elle a réussi à me faire sourire ! C'est une définition qui lui va bien. Il me suit sans relâche ! Il est persuadé que grâce à sa ténacité, je vais lui tomber dans les bras. Il ne se doute pas à quel point mon armure est épaisse !

– Ce sera sans moi le voyage, de toute façon.

Ma réponse est sans appel. Sam me regarde en fronçant les sourcils et il jette un œil à Éva qui confirme mes propos en hochant la tête.

Il prend un air triste et l'espace d'un instant, j'ai presque envie de le consoler. Sauf que… j'ai un Moineau sur les bras et côté réconfort, j'assure au quotidien. Sam veut en savoir plus mais je coupe court en m'éloignant. Ce n'est pas sympa, mais je n'ai déjà pas de place pour une amie.

Alors un petit ami, même pas en rêve.

Après la cantine, j'ai le temps d'aller rendre *Fahrenheit 451* de Ray Bradbury. J'ai fini par retourner au CDI la semaine dernière. Un moment de faiblesse. Une envie surtout d'être au chaud pendant la pause de midi. J'ai suivi Éva sur la pointe des pieds et j'ai réussi à passer inaperçue… ou presque !

– Excellent choix Marina ! a commenté Mme Forestier quand je lui ai tendu le bouquin de Ray Bradbury pour qu'elle l'enregistre en sortie.

Elle a vraiment dû oublier ma crise d'asthme. En tout cas, elle ne me regarde plus comme une bête curieuse. Et surtout, elle ne me pose pas de questions. Comme ça m'a rassurée, je m'autorise l'accès au CDI… avec prudence.

Il est presque désert ce midi. Je dépose mon livre sur le bureau de la prof et je me dirige vers le coin des revues.

– Bonjour Marina. J'ai pensé à toi justement.

Je me raidis, les sens en alerte. Comme si une alarme venait de se déclencher. J'attends la suite qui ne tarde pas à venir.

– Si tu as aimé l'univers de Bradbury, je te propose de découvrir celui de René Barjavel, un auteur du XXe siècle incontournable. As-tu déjà lu *Ravage* ? C'est un roman d'anticipation qui pourrait t'intéresser.

Je souffle discrètement pour évacuer la tension qui m'a envahie. La prof est gentille avec ses conseils mais moi je veux juste qu'on me fiche la paix.

– Je te laisse le découvrir.

Comme si elle avait entendu mes pensées, Mme Forestier dépose le livre devant moi et elle s'éloigne. Je me plonge immédiatement dans son bouquin, pour éviter de lever les yeux. Quand la sonnerie retentit, je n'ai pas bougé d'un pouce et je dois presque courir pour éviter d'arriver en retard en français. La prof enregistre *Ravage* avec un sourire en coin.

Je continue à lire pendant les cours de l'après-midi, le bouquin caché sur mes genoux. Barjavel m'entraîne avec lui dans un monde post-apocalyptique.

Quand la sonnerie retentit, j'ai presque envie que notre monde subisse aussi de tels « ravages ». Je voudrais un GRAND BOULEVERSEMENT…

Et surtout trouver un moyen pour qu'Elle n'apprenne pas que ma classe part en voyage scolaire. Elle est capable d'insister pour que j'y aille. J'avais presque oublié l'annonce de la prof d'anglais ce matin. J'y repense sur la route du retour. Et je me fais des nœuds au cerveau. Je signe pas mal de mots à sa place depuis la rentrée donc ça ne devrait pas être compliqué de continuer. La dernière fois qu'Elle m'a parlé du collège, j'ai menti et je lui ai laissé signer des papiers sans importance.

Elle n'a jamais su qu'il y avait une réunion de rentrée.

Jusqu'à maintenant, j'ai réussi. Au collège, Elle est invisible. Et je veux qu'Elle le reste.

Je remonte le boulevard lentement. J'ai eu envie de rentrer à pied aujourd'hui. Je sors beaucoup plus tôt que Vania le jeudi et j'ai largement le temps avant qu'il rentre. Dans ma tête les idées se mélangent. Après le voyage scolaire que je range dans la catégorie affaire urgente à traiter, je pense à notre père qui m'a envoyé un message hier soir à propos de Noël.

J'ai prévu que vous arriviez le 26 décembre à Versailles. Tu peux le dire à ta mère et me le confirmer ? Elle ne répond plus à mes messages. Pas de problème particulier ?

Ben non papa… T'inquiète. Ce n'est pas un « problème » de gérer vos semaines de garde en plus du reste. Parce qu'évidemment, Elle nous a dit qu'Elle refusait de nous laisser partir chez Lui le 26. Elle nous a expliqué que nous étions « ses trésors » et qu'Elle avait plus besoin de nous. Elle a même ajouté qu'Elle avait eu envie de mourir pendant notre séjour chez Lui.

Vania m'a regardée avec cet air qu'il prend à chaque fois qu'Elle parle comme ça. Plus tard, je suis allée le voir dans sa chambre. Je lui ai redit pour la centième fois qu'Elle exagérait exprès et que jamais Elle… Sauf que je ne crois plus à mes propres paroles. Et mon frère doit le sentir.

J'ai l'impression de me perdre dans mes pensées parfois. C'est pour cette raison que je sursaute en la voyant. Comme si je venais de mettre mes doigts dans une prise. Je regarde une seconde fois mais aucune erreur. C'est bien Elle, derrière la vitre. Je recule légèrement pour voir sans être vue.

Il est à peine 15 heures. Que fait-Elle dans le quartier alors que son travail est à l'autre bout de la ville ?

Une nouvelle sirène résonne dans ma tête. Je deviens raide et ma bouche sèche instantanément.

Ma mère est assise à une table de café. Elle est seule.

J'ai peur de comprendre.

14 décembre

Justine

Justine accroche une guirlande à l'entrée et elle recule pour admirer le résultat.

Elle a toujours décoré le CDI à l'approche des fêtes de Noël. Elle aime que les élèves fassent des commentaires un peu bêtes et que règne une ambiance festive au milieu des livres.

– Madame Forestier, le père Noël nous apportera un cadeau ici ? lui demande Sacha, un grand échalas de la 4e B toujours prêt à plaisanter.

– Moi je veux tous les tomes de *La guerre des clans* ! lui lance Eliott son copain.

– Et moi une planche originale d'un *One Piece*, ajoute Basile le troisième larron de ce trio qui fréquente le CDI très régulièrement.

Justine sourit. Si elle pouvait, elle ferait des cadeaux à chacun de « ses ados » lecteurs.

– Et vous madame ? Vous commandez quoi au père Noël ? demande Eliott, le plus curieux des trois.

– Un robot qui range à ma place ! lui répond-elle.

Elle laisse les garçons commenter et elle s'éloigne en pensant au 25 décembre qui se rapproche à grands pas.

Comme chaque année depuis Sa mort, Justine et Emma (avec sa famille) retrouveront leur mère autour d'un sapin en plastique dans son appartement étouffant.

Elle sait déjà quels cadeaux elle recevra. Ce sera sûrement le énième flacon de parfum (son beau-frère travaille dans un grand groupe de cosmétiques et chaque année il lui offre le produit en déstockage) et le dernier roman de cet auteur à succès qu'elle déteste (sa mère pense qu'une prof doc doit lire, donc, en fin d'année, elle lui achète le livre en tête de gondole dans son supermarché favori).

Marina apparaît au moment où Justine pose sa dernière guirlande.

– Eh ben... Vous aimez les décos de Noël ! déclare-t-elle en posant le dernier livre qu'elle a emprunté. Vous n'allez pas me proposer un livre sur Noël, au moins ?

Justine est heureuse de constater que ses conseils de lecture ont conquis Marina au point qu'elle revienne régulièrement au CDI depuis un mois. La semaine précédente, elles ont même réussi à avoir une conversation de plus de deux phrases. La jeune adolescente a découvert Barjavel et ses romans d'anticipation. Elle vient d'achever le troisième.

– Vous aviez raison. C'est une très belle histoire d'amour.

Marina a murmuré cet aveu en posant *La nuit des temps* sur le comptoir.

La prof doc a la gorge qui se serre. Elle se retrouve projetée dans le passé. Elle croit se revoir quinze ans plus tôt. Marina, c'est elle... ou presque. L'adolescente qu'elle a été s'invite donc au CDI régulièrement depuis que cette nouvelle élève est arrivée au collège.

Et elle n'en repart plus.

Justine sait désormais pourquoi ses cauchemars se sont installés. Son passé lui revient en mémoire de plus en plus précisément. Elle croyait l'avoir soldé mais elle se rend compte qu'elle n'a fait que masquer la saleté en la cachant sous le tapis. Il a suffi que Marina apparaisse pour qu'un coin du tapis se soulève.

– Oui, c'est une histoire très émouvante et qui reste intemporelle, déclare Justine en saisissant *La nuit des temps*. On ne peut pas oublier Eléa et Païkan...

– Sauf qu'une passion pareille, ça n'existe que dans les livres, murmure Marina.

Justine ne sait que répondre. Ses histoires d'amour ont vite tourné court. Et la seule fois où elle a cru être profondément amoureuse... Elle attrape le roman qu'elle a mis de côté et commence à en faire le pitch. Ce qui lui évite de penser à Martin.

– Je peux te proposer une plongée dans le passé cette fois-ci avec un roman anglais du XIXe siècle. *Jane Eyre* est une histoire d'amour... tourmentée écrite par Charlotte Brontë, une autrice qui n'a probablement jamais vécu une passion amoureuse, mais qui a su l'imaginer au point d'avoir écrit un des romans d'amour majeur de son siècle. Je pense que le couple Jane Eyre-monsieur Rochester est un incontournable de la littérature !

Marina saisit le livre. Justine se revoit, plongée dans ce roman, et imaginant qu'un jour, elle aussi...

– Merci, déclare l'adolescente. Je... Pour le prochain, laissez tomber les love stories si possible.

Justine sourit en acquiesçant. Marina lui fait confiance malgré tout. Elle se lance d'ailleurs dans la lecture de la quatrième de couverture. Ses cernes lui mangent le visage, pense-t-elle en la regardant à la dérobée. Elle est encore plus épuisée que la semaine dernière. Justine repense à sa conversation dans la salle des profs à propos de Marina. Bérénice, la prof d'anglais de la 4e B, a remarqué elle aussi l'état de fatigue de sa nouvelle élève.

– Tu sais, avec leurs conversations ou leurs jeux sur les réseaux, ils s'endorment à des heures impossibles, a-t-elle déclaré. J'en sais quelque chose, mes ados sont crevés à la maison ! J'ai parlé à Marina et je lui ai conseillé de se coucher un peu plus tôt le soir. J'en ai profité pour lui demander pourquoi ses parents n'avaient toujours pas rendu la fiche pour le voyage scolaire de février et elle m'a annoncé qu'elle ne viendrait pas. Le voyage est trop cher, m'a-t-elle dit. Elle ne sera pas la seule dans ce cas. Il faut qu'on monte un dossier !

Justine a acquiescé. Elle trouvera des subventions. Elle a toujours été très forte pour ce genre de chose. Elle rejoint Marina qui s'apprête à s'installer au coin lecture.

– Au fait, avec madame Sevrin, nous allons monter un dossier pour bénéficier d'une enveloppe financière plus conséquente pour le voyage à Londres. Ce qui va certainement permettre à tous les élèves de partir. Nous en informerons tes parents, bien sûr.

La réaction de Marina est immédiate. Elle tressaille. Son sursaut est infime, mais il n'échappe pas à Justine qui pense immédiatement aux coquillages qui se referment devant le danger.

L'adolescente lève les yeux deux secondes et Justine comprend. Elle se dit d'ailleurs qu'elle a toujours su.

– Madame Forestier ! On peut vous aider à décorer le sapin qui est à l'entrée ?

Karim attend sa réponse. C'est un gentil garçon de sixième toujours prêt à rendre service. Marina se lève. Elle disparaît vers la sortie sans faire de bruit.

Justine se tourne vers Karim et lui tend un panier plein de décorations. Elle regarde la place vide laissée par Marina et elle se dit que l'ado qu'elle a été aurait eu la même réaction.

Ce qu'elle cherchait avant tout, c'était être invisible.

Ensuite, elle se dit que cette année, elle ne fêtera pas Noël en famille.

C'est une certitude.

25 décembre

Marina

Joyeux Noël Marina/cœur cœur cœur.

Camille et moi, on a toujours eu un code. On n'utilise aucun smiley mais on décrit celui qu'on veut envoyer. On peut par exemple écrire « le smiley super vénère qui fume des narines » et ça nous fait rire.

Enfin… ça me faisait rire. Avant.

Je lui réponds un *joyeux Noël toi-même/feu d'artifice qui pétarade grave !* en mode « c'est la fête, ah ah ah… ». Tu parles d'une fête !

Je contemple les baskets qu'Elle m'a achetées. Elles coûtent hyper cher. Je le sais parce que ça fait longtemps que je les regardais. Ce cadeau m'attendait au pied du sapin. Je n'en revenais pas ! Quant à Vania, il a sauté partout quand il a vu la Nintendo Switch dont il rêvait. Son bonheur était éclatant.

Moi j'étais partagée.

Voir mon frère aussi heureux me faisait plaisir mais un gros nuage noir de lucidité m'empêchait de profiter vraiment du moment. Comment peut-on dépenser autant d'argent quand on a perdu son travail ?

Moineau ne le sait pas encore mais Elle n'a plus de travail. Il va finir par le comprendre puisqu'Elle est à la maison de plus en plus tôt. Depuis que je l'ai vue dans ce café, Elle part le matin comme si Elle allait travailler. Sauf qu'Elle ment. J'ai fouillé dans ses affaires un jour où Elle n'était pas là. J'ai trouvé la lettre de licenciement pour « faute professionnelle ». Et je sais déjà quelle a dû être sa faute.

Je me dis qu'après avoir quitté la maison, Elle erre dans les rues. Ou… Elle passe peut-être des entretiens ?

Ça c'est ce que j'espère, sans y croire.

Je me dis surtout que je vais la suivre. Pour voir.

Elle a pleuré en ouvrant son paquet hier. Vania et moi, on a fait un super selfie de nous deux qu'on a tiré sur papier et mis sous cadre doré. On n'a plus une seule photo de famille depuis qu'on a déménagé. À Versailles, les murs étaient couverts de portraits. Elle nous a serrés dans ses bras très fort, sans parler. Les guirlandes du sapin projetaient une douce lumière dans le salon. L'espace d'un instant j'ai cru que tout pouvait redevenir normal. On était juste un frère et une sœur avec des parents séparés qui s'arrangeaient pour que leur Noël soit chouette. J'avais envie d'y croire. Même si une petite voix continuait à me dire que la magie de Noël n'existe que dans les films.

En plus, Elle avait cuisiné. Un VRAI repas, pas un truc sorti du congélateur au dernier moment ou une énième soupe en brique. Non. Là, Elle nous avait préparé ses pommes duchesse qu'on adore avec du poulet à la peau croustillante. Et quand Elle a apporté le dessert, j'ai cru qu'on allait tomber de nos chaises, Moineau et moi. Elle s'était enfermée dans la cuisine l'après-midi pour nous préparer la bûche qu'Elle faisait avant. Quand on était une famille…

Après le dîner, Moineau a installé sa Nintendo et on y a joué. Je n'arrêtais pas de me dire « C'est Noël, tout va bien, déstresse ». J'affichais un vrai sourire même si mon corps était super tendu. Ensuite, mon frère a eu envie de regarder un dessin animé et il s'est calé contre Elle dans le canapé. Moi, pelotonnée dans le fauteuil d'à côté, j'ai lu quelques pages de *Jane Eyre*, le livre que m'a conseillé la prof doc. Je voulais absolument finir un passage super stressant. Celui où Jane entend des bruits derrière la porte de sa chambre et un rire diabolique pendant la nuit.

Éva a eu l'air surprise de me voir lire un « vieux truc pareil » l'autre jour au collège.

– Franchement… Tu y comprends quelque chose à ces bouquins qui datent d'un autre siècle… avec des descriptions qui n'en finissent plus et des phrases de douze lignes ? a-t-elle déclaré en se penchant par-dessus mon épaule pour lire un passage : « *Un jour votre vie se brisera dans un tourbillon tumultueux en une bruyante écume...* » Waouh !

– « *... alors vous volerez sur les pics des rochers comme une poussière liquide, ou bien, soulevée par une vague puissante, vous serez jetée dans un courant plus calme* », je lui ai répondu en continuant la lecture. J'adore !

Elle m'a regardée en fronçant les sourcils, comme si lire un roman pareil n'était pas... réglementaire ! Je ne pouvais pas lui expliquer que ce qui est à l'opposé de ma vie « normale » me fait du bien et que vivre avec Jane Eyre au manoir de Thornfield m'éloigne de ma VDM. La prof doc l'a compris. Elle m'offre des lectures qui gomment mon quotidien parce qu'elles en sont si lointaines. Et je prends tout ! Même le vocabulaire désuet ou les phrases parfois un peu compliquées.

C'est son appel qui a gâché la « fête ».

Mon téléphone a sonné vers 22 heures. C'était Lui et Elle a vite compris puisque j'ai passé mon portable à Vania qui s'est levé et s'est éloigné en disant « Oui, joyeux Noël à toi aussi mon papounet ». J'ai su que la soirée allait basculer. Et j'ai su aussi que mon corps s'y était préparé depuis le début.

Elle a blêmi. Comme si d'un coup, sa température intérieure passait à moins 12 degrés. Elle s'est levée du canapé, tremblante. Quand Moineau est revenu avec mon téléphone, Elle était incontrôlable.

Le 24 décembre, c'est SON jour à Elle et Il n'a pas le droit de venir le gâcher ! a-t-Elle hurlé. On est TOUT pour Elle et Elle nous aime à en mourir. D'ailleurs c'est ce qu'Elle est capable de faire si on l'abandonne. Donc il ne faut JAMAIS la laisser. HEIN ? JAMAIS !

Elle a voulu nous reprendre dans ses bras mais Vania et moi, on s'était déjà mis en position de sécurité, repliés l'un contre l'autre. Moineau bouchait ses oreilles en pleurant et je le berçais pour éviter que son chagrin ne le submerge.

Ensuite… c'était la suite justement. La crise habituelle. Celle qu'on subit depuis bientôt quatre mois.

Elle a cherché sa bouteille. Celle qu'Elle a achetée et planquée pour qu'on ne la voie pas. On l'a entendue s'agiter dans la cuisine puis le silence est revenu. On n'a pas attendu la suite Moineau et moi, on est partis se réfugier dans nos chambres.

J'imagine qu'Elle a bu carrément au goulot parce que je n'ai pas trouvé de verre ce matin. Juste une bouteille vide, couchée en travers de la table. J'ai rangé la cuisine avant que Vania ne se lève. C'était un « bordel bordélique ! » aurait dit Camille qui utilisait cette expression à longueur de temps. Je ne sais pas comment Elle est arrivée jusqu'à son lit vu ce qu'Elle a bu mais, ce matin, Elle est dans sa chambre. Je ne suis pas allée voir si Elle avait vomi ni dans quel état sont ses habits.

Je préfère ranger mes baskets neuves et préparer un semblant de petit-déj de Noël. Moineau a voulu dormir avec sa Nintendo à côté de lui. En entrant dans la cuisine, il tient son cadeau entre les mains et il me demande tout de suite si Elle est là.

– Vu l'état dans lequel Elle s'est couchée, Elle est forcément là, je réponds d'un ton irrité. Tu penses peut-être qu'Elle est partie nous acheter des croissants ?

La lèvre inférieure de mon frère se met à trembler devant son bol et à cet instant précis, je LA déteste. Je LES déteste. Tous les deux. Lui et Elle. Notre père et notre mère qui ont décidé de nous mettre au monde et qui n'ont pas assumé leur décision jusqu'au bout. C'est comme s'ils avaient soulevé un rideau et ouvert le spectacle sur un premier acte « Vous l'avez vue la belle vie qu'on a quand on s'aime et qu'on forme une famille ? » avant de changer de décor. « Désolés. On passe à la scène suivante et c'est VDM. Dommage. »

– Marina, a murmuré Vania. Je veux voir papa. Mais t'as entendu, elle ne veut pas qu'on y aille. Et si on la laisse seule, qu'est-ce qu'elle va faire ?

Le 25 décembre, dans les familles normales, on profite de ses cadeaux, non ? On n'inonde pas la table de la cuisine de ses larmes. Je serre les dents à m'en faire exploser la mâchoire avant de répondre.

– C'est du chantage Moineau, t'inquiète. On ira le voir comme prévu et Elle, on l'appellera tous les jours, comme la dernière fois. Et surtout, surtout…

– On ne dira rien à papa. J'ai compris.

– Si quelqu'un sait pour… ses crises… on va nous obliger à vivre avec lui. Et là… Je ne sais pas ce qu'Elle peut devenir sans…

Je ne finis pas ma phrase mais inlassablement, cette image revient.

Elle est par terre dans la cuisine et il y a plein de sang parce qu'Elle a mis sa menace à exécution. Je ne sais pas si Vania a la même vision que moi mais il cligne fort ses paupières avant d'ajouter :

– On n'a qu'à jeter ses bouteilles et comme ça… Elle arrêtera ses crises.

– J'ai essayé… Elle a toujours des planques impossibles à dénicher. Elle est méga forte pour les cachettes introuvables, Moineau ! Tu te souviens comme on avait du mal à trouver les chocolats de Pâques à Versailles ?

Vania a un sourire triste comme à chaque fois qu'on évoque un chouette souvenir de notre vie d'avant.

– Il y a même eu une fois où Elle ne se souvenait plus où Elle les avait cachés ! Tu devais avoir quatre ou cinq ans, tu cherchais partout ! Elle avait piqué un fou rire. Et papa aussi…

Mon frère pose sa Nintendo qu'il serre toujours contre lui avant de s'asseoir.

– Et finalement, on les avait retrouvés ? demande-t-il en ouvrant le yaourt que je lui ai préparé.

– Oui, dit-Elle en entrant dans la cuisine. J'aurais remué ciel et terre afin que vous ne soyez pas privés de chocolat par ma faute !

Sa voix est éraillée comme si Elle avait crié toute la nuit. Vania se penche vers son pot de yaourt. Il reprend son air d'oiseau perdu.

– Je… Je vous demande pardon mes amours, murmure-t-Elle.

Elle reste les bras ballants au milieu de la cuisine. Elle s'est douchée mais sa figure est striée de taches rouges. Je me demande contre quoi Elle s'est endormie.

– J'ai honte. Terriblement honte, ajoute-t-Elle. Et une fois de plus, Marina, tu as assuré. Tu es vraiment…

Je me recule instinctivement parce qu'Elle veut me prendre dans ses bras. Je croise les miens sur ma poitrine en guise de protection.

– Tu es une fille formidable, lâche-t-Elle en tremblant. Vous êtes des enfants merveilleux et je ne veux pas vous perdre. S'il vous plaît, pardonnez-moi…

Elle se laisse descendre le long du mur et se retrouve accroupie par terre devant nous. Elle cache son visage dans ses mains et sanglote.

Joyeux Noël maman.

11 janvier

Justine

Bérénice agitait le papier dans la salle des profs ce matin, un peu comme un drapeau.

– Good job Justine ! On a les subventions pour le voyage. Tu es trop forte ! Tu as contourné les obstacles et on a de l'argent !

Justine a pris un air modeste mais elle était contente. Théo Bertin ou Gaële Sanchez participeraient au voyage. Aller à Londres avec leur classe semblait impossible pour eux. Quant à...

– Pour Marina Giroux, j'ai demandé un rendez-vous à sa mère dans le carnet de correspondance, a ajouté Bérénice comme si elle lisait dans les pensées de Justine. Comme elle n'est pas venue à la réunion d'info sur le voyage, je préfère lui faire part de vive voix de cette possibilité de financement.

Justine a hoché la tête. Même si elle était quasiment sûre que Mme Giroux ne se présenterait pas au collège.

– Tu as essayé de lui téléphoner avant ? a-t-elle demandé.

– Oui, a confirmé Bérénice, mais je n'ai qu'un fixe, pas de portable et aux heures où j'appelle, personne ne décroche.

Justine a hoché la tête une deuxième fois. Elle n'était pas étonnée.

Quand elle a rejoint le CDI après la pause, quelques élèves attendaient devant la porte. Marina Giroux en faisait partie. C'était la première fois qu'elle la revoyait depuis les vacances de Noël. L'adolescente semblait encore plus épuisée qu'avant de partir.

– J'ai fini *Jane Eyre*, a-t-elle déclaré en toussant. Désolée, j'ai attrapé froid à Versailles !

– Alors, qu'en as-tu pensé ? a demandé Justine en ouvrant la porte du CDI.

– Des vacances ou de *Jane Eyre* ? a murmuré Marina, un peu essoufflée, en déposant le livre sur le bureau.

Justine a haussé les épaules comme pour lui laisser le choix.

– Les vacances... Ben c'était des vacances. Et pour le livre... J'ai eu envie de secouer un peu Jane Eyre par moments. Elle a failli passer à côté d'un grand amour ! Certains passages m'ont énervée, j'avoue.

– Oui... À cette époque, tout était plus difficile pour une femme. Et puis, cette héroïne a grandi dans un environnement qui a conditionné son existence. Orpheline, élevée par une tante qui l'a brimée avant d'être placée dans une pension... Elle n'a pas pu s'exprimer ni être entendue. D'ailleurs, ce n'est pas une question d'époque. Quel que soit le siècle dans lequel on vit, une enfance laisse des traces indélébiles et façonne l'adulte qu'on devient.

Marina a ouvert la bouche comme si elle voulait ajouter quelque chose. Mais elle n'a rien dit de plus. Ensuite, la discussion a été interrompue par Sam Villot, un élève de la 4ᵉ B, qui a passé la tête dans le CDI et déclaré qu'il avait un truc urgent à dire à Marina. Celle-ci a soupiré.

– Je t'ai préparé un autre roman si tu veux, a déclaré Justine doucement. Pas de love story mais un témoignage passionnant sur...

– Je repasserai, l'a interrompue Marina avant de faire demi-tour pour rejoindre le garçon qui l'attendait.

Justine est passée derrière son bureau.

Elle a pensé à ce qu'elle venait de dire sur l'enfance. Elle aurait pu ajouter que certains adultes restent « mal façonnés » toute leur vie, un peu comme des poteries « deuxième choix ». Celles qui ont cuit comme les autres mais qui présentent des défauts qu'on ne pourra plus dissimuler.

Les habitués de la 5ᵉ C ont franchi les portes du CDI alors Mme Forestier a repris le dessus. Elle a donné des conseils, enregistré des sorties-livres et discuté des panneaux de la prochaine expo. Quand elle a voulu fermer le CDI en fin de journée, elle s'est rendu compte qu'elle n'avait toujours pas rangé le livre rapporté par Marina. Elle a feuilleté *Jane Eyre* quelques secondes comme pour y trouver des réponses à ses propres questions. Elle s'est revue, adolescente, trembler pour le destin de l'héroïne plongée dans un univers hostile. Elle s'imaginait traversant les épreuves, elle aussi, et volant vers un avenir meilleur.

À l'époque, elle ne se doutait pas qu'Il avait réussi à lui briser les ailes.

En remettant le roman en place, Justine a repéré une boule de Noël glissée sous une étagère et elle l'a ramassée. Elle a soupiré en repensant aux fêtes qui venaient de s'achever.

– Ce n'est pas en nous fuyant que tu vas effacer le passé, a déclaré Emma lorsqu'elle lui a annoncé sa volonté de passer Noël avec deux amies. Et maman, tu y as pensé ? Tu sais la peine que ça va lui faire ?

– Elle s'en remettra, a murmuré Justine. Elle est plus solide qu'on ne le pense ! Et puis, vous serez là, toi et ta famille. C'est le principal !

– Le 24, tu seras chez ton amie Maud, d'accord. Mais qu'est-ce que tu feras le 25 décembre, face à ton sapin en plastique ?

– Il est naturel mon sapin. Et en pot, qui plus est. Je lirai un roman de Noël. Qui finit bien. Comme ça, je ne pleurerai pas.

– C'est idiot, a affirmé Emma de son ton péremptoire. Tu es ma seule et unique sœur et tu nous laisses tomber !

Après avoir raccroché, elle a entendu Sa voix résonner…

« *Ta sœur, elle, ressemble à quelque chose ! Regarde-toi ! Ton reflet me fait mal aux yeux.* »

Il avait raison. Emma a toujours été plus belle que moi, s'est-elle dit. Et c'est sûrement pour ça qu'elle a toujours cru en elle. Sauf que… Emma peut argumenter tant qu'elle veut. Parfois la fuite est nécessaire.

Justine referme les portes du CDI et s'éloigne dans les couloirs du collège. Elle aime le bruit ambiant. Ce soir, elle a presque envie d'aller crier avec les élèves dans la cour. Se mélanger à eux et devenir l'adolescente qu'elle s'est interdit d'être.

En montant dans le bus, elle surprend son reflet dans la vitre.

Un peu plus loin, au fond du bus, un collégien lui adresse un signe de la main. Justine lui sourit.

23 janvier

Marina

J'attends Vania. Le lundi soir, il faut le récupérer au judo. Elle a dû y aller seulement trois fois ! C'est toujours moi qui m'y colle.

Il met un temps fou à sortir ! Et comme ça pue la sueur et les chaussettes sales dans le dojo, je préfère rester dehors. En général, j'en profite pour réfléchir.

Ce soir, le cours s'éternise pour cause de goûter-galette des rois. J'essaie de tuer le temps en marchant dans le quartier. Je me pose un milliard de questions. Pour en revenir à une seule, essentielle. Quand on tombe dans un puits sans fin, combien de temps dure la chute ?

Parce que j'aimerais toucher le fond à un moment !

Me dire que, ça y est, le pire est derrière moi. Je peux enfin respirer normalement et cesser de sursauter dès qu'on m'appelle. Ou arrêter de raser les murs au collège. Ou inviter des amis chez moi.

M'endormir sans guetter les bruits dans la maison. Ne pas cacher mon carnet de correspondance pour qu'Elle ne tombe pas dessus. Ne plus jamais forcer mon frère à se taire. Recommencer à rire. Cesser de mentir. Ne plus pleurer sous ma couette.

Et ne plus avoir peur. Je crois que c'est ce que je souhaite le plus fort. Cesser définitivement d'avoir des sueurs froides ou les mains qui tremblent à chaque alerte.

Je souffle sur mes doigts gelés.

Le froid s'est installé depuis la semaine dernière. Je prie pour qu'il fasse encore plus froid et qu'il se mette à neiger. Je rêve d'une tempête énorme qui paralyserait les routes et empêcherait un bus scolaire de partir. Ça me simplifierait la vie.

On est à un mois du départ pour Londres. Je suis un radar vivant au collège. Je fais attention à tout ce que je dis. Je dois être de plus en plus vigilante et ça me crève. Je n'ai pas bien dormi ces deux dernières nuits à cause du mot écrit par la prof d'anglais sur mon carnet de correspondance. Je l'ai signé à sa place. La prof lui avait proposé trois créneaux pour un rendez-vous au collège, j'ai coché celui où il n'y avait aucune chance qu'Elle soit présente. Lundi matin à 9 h 30, même pas en rêve. En plus ce jour-là, je commence à 10 heures. Une heure avant, j'ai appelé le collège en me faisant passer pour Elle. J'ai expliqué que j'avais une urgence de dernière minute et j'ai demandé un autre rendez-vous… téléphonique. Évidemment, j'ai donné mon portable.

Je suis super forte pour imiter sa voix. Si en plus, je glisse un foulard entre ma bouche et le combiné, on ne peut pas m'identifier. Du coup, j'ai parlé à ma prof d'anglais à sa place ! Et Mme Sevrin n'y a vu que du feu. J'ai dit oui à tout.

Oui oui oui oui.

Oui, Marina ira au voyage. Oui, elle apportera les papiers justificatifs pour bénéficier d'une aide financière. Oui, elle se plaît beaucoup dans sa classe. Oui, c'est une enfant un peu timide, légèrement angoissée (ah ah). Oui, elle ne dort pas très bien, oh là là ces ados. Oui cette idée de voyage est excellente. Oui, ça lui fera du bien de se retrouver avec ses nouveaux camarades dans un contexte différent.

En raccrochant, je n'ai pas pu m'empêcher de sourire. Juste un peu. Les profs sont très crédules finalement.

Maintenant, je dois aller au bout de mon plan.

J'ai le nez qui coule et je n'ai pas un seul mouchoir ! Quelle horreur ! Je suis obligée d'aller emprunter un Kleenex à une mamie sur le trottoir d'en face. J'ai attrapé froid à Versailles. À force de passer mon temps dehors…

Le dernier séjour chez mon père a été cauchemardesque. On est arrivés chez Lui le 28 et Il était super énervé. Il a passé son temps à râler. Dingue quand on sait qu'on ne le voit que quelques jours par an !

Il n'était pas en colère contre nous, mais contre Elle, contre son boulot, contre le chien du voisin, contre le pain infect du boulanger, contre son patron, contre le gouvernement... bref contre le monde entier. Très vite, Il m'a saoulée.

J'ai passé mes journées à traîner avec Camille.

Pour Noël, Il m'a payé une super doudoune. Super marque. Super chère.

– T'as la classe avec tes pompes et ta doudoune ! a déclaré Camille quand elle m'a vue arriver.

– Oui. Si tes parents se séparent, tu peux avoir des cadeaux de compensation, j'ai répondu en haussant les épaules.

– Ben pour l'instant c'est pas au programme chez moi.

Camille avait l'air déçu et ça m'a fait rire. Enfin, j'ai ricané plutôt.

– Et sinon, tu en es où dans ta nouvelle vie ? m'a demandé ma copine.

J'ai brodé. J'ai pris des anecdotes vraies que j'ai mélangées à du faux. Au final ça donnait presque une vie normale de collégienne normale avec une mère... normale. Après avoir fait le tour de mon quotidien, on a pu passer à autre chose. Avec Camille, le « autre chose », ce sont les BG de son bahut. Donc elle m'a parlé en large et en travers de son ex ex, redevenu son ex puis remplacé par un Lucas puis par un Julien. Au moins avec Camille, tout est léger. Et ça m'a fait du bien même si parfois, mon esprit s'envolait ailleurs. Toujours vers Elle.

Pendant notre séjour chez lui, on l'a appelée tous les jours. Et la veille de rentrer, le son de Sa voix m'a donné des sueurs froides. Cette fois-ci Vania n'a pas eu envie de rester. Je ne dis pas qu'on était fous de joie à l'idée de reprendre notre VDM, mon frère et moi, mais on n'avait pas le choix. Elle ne nous le laisse pas.

On était de retour le 2 janvier. Elle ne nous a pas fait son grand numéro en nous serrant contre Elle sur le quai de gare. Ce que je déteste au plus haut point.

En fait, Elle n'est pas venue nous chercher à la gare.

Elle nous a oubliés.

On a attendu au moins trente minutes et je l'ai appelée dix fois. Je suis tombée sur son répondeur. J'ai fini par appeler un taxi. Heureusement, Il m'avait donné pas mal de liquide.

J'ai mis au moins trois minutes à ouvrir la porte de l'appartement tellement mes mains tremblaient. Vania était livide et il tenait les bretelles de son sac à dos si fort que ses jointures étaient blanches. On est entrés sur la pointe des pieds, comme si on pouvait déclencher une explosion. Il faisait noir, Elle n'avait pas ouvert les volets.

On n'a même pas osé l'appeler.

On s'est dirigés vers sa chambre sans regarder autour de nous. Je crois qu'on n'avait pas envie de voir dans quel environnement Elle avait vécu pendant ces quatre jours.

Elle était dans sa chambre. Elle n'avait pas eu la force de se déshabiller. Elle avait dû s'écrouler sur le lit vu sa position. Vania et moi on s'est remis à respirer normalement dès qu'on a entendu son souffle rauque.

Elle ronflait.

Et Elle cuvait.

– Marina ! Eh oh ! Je suis là !

Mon frère agite ses bras devant le dojo. Il est super mimi avec son kimono.

– Allez grouille ! Et mets ta doudoune ! je crie en lui faisant signe. Je t'attends depuis deux plombes !

– Oui mais j'ai pensé à toi !

Vania me tend un morceau de galette écrasé.

– Merci, j'adore le vomi ! je lui réponds avec une grimace.

Il se marre et j'en rajoute en faisant semblant de trouver le gâteau immonde. À chaque fois que Moineau rit un peu, je me dis que sa journée sera un peu moins pourrie.

– Elle n'est pas à la maison ? me demande-t-il soudain en reprenant un air grave.

Au passage je note qu'il se met à l'appeler « Elle » de plus en plus souvent… comme moi.

– Si. Elle a dit qu'elle préparait un « bon repas » ce soir. Tu penses que je l'ai laissé faire !

Vania se lèche les babines mais on sait lui et moi que c'est juste « histoire de ». On joue à la sœur et au frère « normaux » qui rentrent le soir chez eux pour trouver leur… maman toute contente de leur préparer un dîner.

En réalité, on ne sait pas vraiment qui on va trouver.

Elle. C'est sûr.

Maman. Ça fait bien longtemps qu'on ne la voit plus.

Je l'ai suivie mercredi dernier. Je voulais savoir ce qu'Elle faisait de ses journées puisque souvent, Elle rentre après 17 heures. J'avais encore l'espoir qu'Elle cherche un nouveau travail.

Elle est partie un peu plus tard que d'habitude et moi, ce jour-là, exceptionnellement, je n'avais pas cours. Mais Elle ne le savait pas puisqu'Elle ne demande plus à voir mon carnet de correspondance.

Quand j'ai entendu la porte se fermer, j'ai sauté dans mes baskets. Je l'ai vite rattrapée. Elle est montée dans le tram et j'ai pu me glisser dans la rame du fond sans qu'Elle me voie. Elle est descendue au terminus. Elle portait des tennis. Exit ses escarpins.

Ensuite, Elle a marché, longtemps. Sans but. En tout cas, c'est ce que je croyais.

Au moment où je me disais que je n'en pouvais plus et que j'allais rentrer, Elle a poussé la porte d'un café. Visiblement, Elle était connue. Le serveur l'a saluée. Elle était à peine assise qu'il est venu lui apporter un verre. Évidemment, ce n'était pas du jus d'orange.

Je suis restée dix bonnes minutes cachée derrière un camion, à la regarder siroter son vin. Elle avait presque fini son verre quand j'ai fait demi-tour. Je ne sais pas combien Elle en descend avant de rentrer.

Ce que je peux dire, c'est qu'Elle est là de plus en plus tôt. Et de moins en moins clean.

Maintenant je sais qu'Elle passe des heures à l'autre bout de la ville pour dissimuler qu'Elle boit et qu'Elle n'a plus de travail. Sachant qu'Elle n'a plus de travail parce qu'Elle boit. Il est où le point de départ, déjà ?

– Tu sais qu'une nouvelle espèce de tortue a été découverte sur la côte pacifique ? me lance soudain Moineau. Elle vit dans les ruisseaux et tient dans la paume d'une main. Sa carapace ressemble à un casque et elle va plus vite que les autres tortues.

– Du genre bolide de course ? je lui demande. Vrouououm, poussez-vous les gars, c'est moi la tortue-casque petite mais rapide !

Vania sourit et il ajoute :

– C'est elle en fait la tortue dans l'histoire que racontait maman. Tu te souviens ?

J'acquiesce mais tout à coup, je n'ai plus envie d'en faire des tonnes.

Quand Vania était petit, il voulait toujours lire le même album. Je la revois par terre dans notre chambre avec Moineau sur les genoux. J'entends sa voix chuchoter « *Il était une fois une tortue qui se croyait plus rapide que les autres. Et cette tortue-là, ma foi, elle avait un sacré culot !* ».

Je suis certaine que la passion de mon frère pour les tortues vient de là.

Et Elle, quel genre d'histoire lui a-t-on lu petite pour qu'Elle en arrive là ?

25 février

Justine

Voilà plusieurs fois que sa sœur l'appelle depuis début janvier.

Justine lui a téléphoné le jour de l'An pour lui présenter ses vœux à partager avec sa famille, mais contrairement aux années précédentes, Emma l'a rappelée la semaine d'après.

Puis la suivante et celle d'après encore…

Et à chaque fois, elles ont eu une conversation.

Hier soir, Emma s'est mise à évoquer leur mère qui vieillissait et qui réclamait sa fille cadette.

– Tu nous as manqué à Noël. Je te l'ai déjà dit mais je te le répète.

Justine n'a rien répondu. Elle n'est pas certaine qu'entendre si souvent la voix de sa sœur lui fasse beaucoup de bien mais au plus profond d'elle, une petite lumière s'allume parfois au détour d'une phrase.

Le « Tu nous as manqué » a fait mouche. Même si en raccrochant, elle est passée à autre chose.

Elle pensait justement à Emma ce matin en ouvrant sa commode. Et puis elle est tombée sur un tee-shirt de Martin en boule tout au fond d'un tiroir.

Les souvenirs sont revenus, en bloc. La jeune femme a eu envie d'enfouir son visage dans le tee-shirt pour retrouver le parfum de Martin, un mélange fleuri et boisé à la fois qu'elle n'a pas oublié.

Mais elle ne l'a pas fait.

Elle a placé le tee-shirt sur la pile des habits prêts à donner et elle a refermé le tiroir de sa commode d'un coup sec.

Tu n'as pas le temps de t'apitoyer sur ton sort ! s'est-elle dit en entrant dans la cuisine pour prendre son thé matinal. Tu vas devoir veiller sur vingt-huit ados pendant quatre jours. Justine Forestier… reprends-toi.

Et elle s'est reprise.

Jour de départ pour Londres. Quatre jours de cohabitation, d'échange et de partage. Avec deux autres profs et la classe de 4e B. Quatre jours de vigilance totale quand on fait partie de l'équipe enseignante, de fatigue aussi, mais Justine n'a jamais redouté ce type de voyage. Au contraire, elle est presque aussi excitée que les élèves qu'elle va accompagner.

Maud lui a envoyé un message hier soir…

Profite du voyage pour draguer ton collègue. Tu sais celui dont tu m'as parlé…

Justine a souri avant d'envoyer : *Bien sûr surtout devant les élèves !*

Maud n'oublie jamais rien ! Justine lui a parlé, il y a plus de deux semaines, de Grégoire, le prof de maths, parce qu'elle a remarqué qu'il la regarde souvent en douce dans la salle des profs. Il semble super timide.

Tout se bouscule ce matin, s'est dit Justine en secouant la tête pour mettre de l'ordre dans ses pensées.

Heureusement, son sac était prêt depuis la veille et sa tenue l'attendait, pliée sur la chaise dans la chambre. Elle a attaché ses cheveux en une queue-de-cheval bien serrée avant de s'habiller. Elle a croisé son regard dans la glace juste avant de fermer la porte de son appartement. C'est étrange mais, à cet instant, ce n'est pas Sa voix qui a résonné dans sa tête. Elle a pensé à Marina Giroux avant de détourner le regard pour ne pas Le laisser gâcher son départ.

En descendant l'escalier, elle a oublié de compter les marches. Voilà plus de quatre ans qu'elle habite cet immeuble et jusqu'à présent, elle n'a JAMAIS quitté son appartement sans ce rituel.

En montant dans le bus, Justine s'est demandé si son inconscient ne lui envoyait pas un message. Une façon de lui signifier qu'elle était en train de s'affranchir des règles qui dictent sa vie ? Ou était-ce juste le signal que sa journée ne démarrait pas comme elle devrait ? Et qu'il y aurait une suite...

Le bus scolaire se garait sur le parking au moment où elle est arrivée. Elle a vite rejoint ses deux collègues.

– Pour une fois, les élèves sont plutôt en avance ! lui a annoncé Bérénice en la saluant. J'en ai déjà vingt-deux qui sont arrivés.

Justine est allée déposer son sac dans le coffre que le chauffeur avait ouvert. La plupart des ados somnolaient dans la voiture de leurs parents. Seul un groupe de six filles discutait devant la porte du bus. Marina Giroux n'en faisait pas partie.

En jetant un œil sur la feuille d'appel, la prof doc a constaté qu'elle n'était pas arrivée.

Vingt-cinq minutes plus tard, elle était la seule absente.

Les élèves de la 4e B avaient pris place dans le bus, au chaud.

Quand Justine a vu la surveillante courir vers le parking un papier à la main, elle a immédiatement compris.

Bérénice est descendue du car. Justine a saisi quelques mots par-ci par-là.

– Message tél… mère… 40 de fièv… pas poss… désol…

Elle s'est dit qu'elle avait été trop crédule.

Elle aurait dû anticiper.

29 février

Marina

– Marinaaa ?

– Marinaaa, tu m'écoutes ?

– Marinaaa, tu sais qu'on est une année bissextile ? C'est pour ça qu'il y a…

– Tais-toi Vania. Je suis fatiguée.

– Oui mais tu sais que d'habitude il y…

– La ferme Moineau ! Je m'en FOUS de ton année bissextile. Je m'en FOUS !

Le silence revient dans la chambre.

J'entends juste mon frère renifler.

Je serre les mâchoires si fort que j'ai l'impression que mes dents du bas vont fusionner avec celles du haut. Ensuite, je me mets à tousser super fort. Bien fait pour moi.

– Tu es horrible en ce moment, murmure Vania en me regardant.

Il grimace comme lorsqu'il veut retenir ses larmes. Je jure que j'ai envie de me taper la tête contre les murs.

Il a raison. Je suis horrible.

– Moineau. C'est juste que…

– Mon prénom c'est VANIA ! V-A-N-I-A ! Tu comprends le français ?

Mon frère sort de ma chambre en claquant la porte. Comme si la scène avait été convenue d'avance, on entend la porte d'entrée s'ouvrir à ce moment-là. Je regarde ma montre. Il est à peine 15 heures et Elle est déjà là.

Vania lui pose une question. Elle répond avec une voix à peu près normale. Ce qui signifie qu'on a peut-être une chance de vivre une soirée à peu près normale aussi. À part s'Il téléphone. Ou si on dit un truc qui lui fait péter un plomb.

Mais on commence à être de vrais funambules, Vania et moi. On marche en permanence sur un fil tendu au-dessus d'un précipice, donc on sait exactement où poser le pied. Même si c'est épuisant. J'essaie de me lever pour jeter un œil dans le salon mais je me rallonge aussitôt.

Je ne suis plus épuisée. Je suis au-delà.

Sans énergie.

Sans envie.

Sans volonté.

Vide. Et malade en plus.

Voilà quatre jours que je suis coincée dans ma chambre.

Demain, la 4e B rentrera de ce voyage scolaire que j'ai zappé. Quatre jours pendant lesquels les élèves ont dû découvrir, apprendre, échanger, plaisanter, se moquer, rire, manger, draguer et dormir... un peu.

La seule chose que j'aurai en commun avec eux, c'est le manque de sommeil. Je tousse tellement que, la nuit, je n'arrive plus à dormir. Sinon, j'ai passé ces quatre jours à faire semblant. Je me suis levée chaque matin comme si j'allais au collège. Pour remonter à l'appartement dès qu'Elle l'avait quitté.

Au collège justement, l'administration n'y a vu que du feu. Le jour du départ, j'ai téléphoné... Enfin, Elle a téléphoné pour dire que j'avais 40 de fièvre. Bref. Je ne pouvais absolument pas partir.

Et oui, bien sûr, j'apporterai un certificat médical.

Bien sûr.

C'est là où les choses se compliquent puisque d'ici demain, je dois me débrouiller pour trouver un papier justifiant mon absence. Ah ah ah. La justifier va être difficile. Je peux éventuellement décrire par le menu mes activités pendant ces quatre jours. Le grand vide. J'ai tourné en rond et je les ai maudits.

Elle d'abord. Parce que c'est Elle justement. Et qu'Elle a fait de moi ce que je suis aujourd'hui : une ado obligée de faire semblant.

Lui, évidemment. Parce qu'un jour Il s'est barré et qu'Il a fait tomber tous les murs autour de nous. Et que ça ne l'empêche pas d'être heureux.

Vania aussi. Parce qu'il existe et qu'à cause de lui, je ne peux pas abandonner. Parce qu'on est deux à partager cette VDM. Parce que je ne pourrai JAMAIS le laisser avec Elle.

C'est long, quatre jours entre quatre murs. Même avec un portable. En plus, j'ai évité d'échanger quoi que ce soit sur les réseaux. J'ai fait la morte. J'ai regardé des vidéos, quatre saisons de ma série préférée. Et j'ai lu. La prof doc m'avait mis de côté un roman.

– Changement de siècle ! m'a-t-elle annoncé en me tendant *La vie devant soi* il y a quinze jours. Voici un très beau récit dont le titre est déjà tellement évocateur, tu ne trouves pas ? Romain Gary est un auteur contemporain mais ce n'est pas sous ce nom qu'il a publié cette histoire en 1975. Il a d'ailleurs obtenu le prix Goncourt et...

Je ne l'ai pas vraiment écoutée jusqu'au bout. Forestier est sympa et j'aime ses suggestions mais elle a tendance à développer. Comme s'il fallait absolument qu'elle me convainque ! J'ai parcouru la quatrième et j'avoue que l'histoire de Momo qui pense qu'avoir la vie devant soi «*ça n'a rien d'enviable et que le bonheur, c'est dégueulasse, c'est une belle ordure et une peau de vache*», ça m'a parlé. Parce que je suis raccord avec lui en ce moment.

– C'est encore une histoire d'amour tu sais, a insisté Forestier. Mais... pas au sens propre du terme. Tu verras.

– Ça vous a fait pleurer? j'ai demandé en toussant.

La prof doc a souri sans me répondre. Quand elle sourit, elle est presque jolie.

J'ai emporté son livre et je ne l'ai pas ouvert tout de suite. Je n'avais pas la tête à lire.

J'ai passé la semaine qui précédait le voyage avec la boule au ventre. J'avais tellement peur que mon plan ne marche pas et que les profs découvrent que j'ai rempli les papiers à sa place. J'ai aussi avancé l'argent en liquide. Ma participation au voyage est très réduite mais je devais quand même cent euros! (J'espère qu'ils me rendront mon enveloppe d'ailleurs. C'est l'argent qu'Il m'a donné à Noël.)

J'ai semé des tas d'indices. J'ai beaucoup toussé (mais ce n'était pas du cinéma...). J'ai parlé de maux de tête à Éva. Sam, qui me poursuit toujours, m'a fait part de ses «projets» pendant le voyage...

– Je prends ma tablette et on se mate *Day One* dans le bus? Il paraît que c'est The série! Mon frère en est à la deuxième saison et j'ai téléchargé la première !

J'ai hoché la tête en prenant l'air souffrante. Bref, j'avais tout d'une malade. J'espère qu'Éva confirmera que je n'étais pas au top quand l'une des profs annoncera mon absence.

J'espère aussi que j'arriverai à soutenir le regard de Forestier quand je lui rendrai *La vie devant soi*. Je suis certaine qu'elle me demandera d'abord si j'ai aimé ce livre avant de poser des questions sur mon « absence ». Elle attache toujours beaucoup d'importance à ma critique.

Je dois dire qu'elle est super forte dans ses choix. Bon, en même temps, son métier, c'est prof documentaliste, donc elle passe son temps à lire et elle a forcément des tonnes de bouquins à conseiller. Mais j'avoue que ce qu'elle me propose me correspond et ne me laisse jamais indifférente. J'ai été très touchée par l'histoire de Momo et Rosa. Ce petit garçon m'a tenu compagnie pendant ces quatre jours à la maison. Je ne suis pas prête de l'oublier. J'étais vraiment avec lui dans cette cave quand Mme Rosa est morte et les larmes que j'ai versées n'étaient pas à cause d'Elle.

Pour une fois.

Je raconterai à la prof doc ce que j'ai ressenti en lisant ce livre en espérant qu'elle oubliera de me questionner sur le reste. J'ai un peu de mal à affronter ses yeux de myope derrière ses horribles grosses lunettes. Elle me donne l'impression de mieux lire en moi que mes propres parents (qui, cela dit, sont aveugles !).

Voilà plus d'une heure que j'ai des quintes de toux. Elle vient de passer sa tête dans la chambre en me demandant si je vais bien.

– Bof, je réponds avec une respiration sifflante.

– J'ai pris rendez-vous chez le médecin à 16 heures. Je suis rentrée plus tôt pour ça.

Faire comme si tout était normal. Ne pas montrer sa surprise. Quoi de plus naturel pour une mère de prendre rendez-vous chez un médecin pour sa fille malade ? C'est ce que je me répète en silence.

Pourtant, je n'arrive pas à croire qu'Elle ait pu ainsi penser à moi.

– Tu es prête ?

Je me lève mais une quinte de toux me plie en deux. Quand je relève la tête, j'ai les larmes aux yeux. C'est ce qui arrive quand on tousse trop.

Mais ça arrive aussi quand on vient de revoir quelqu'un qu'on a perdu de vue depuis longtemps.

– En sortant, on prendra une pizza pour le dîner. Le camion est juste à côté du cabinet, déclare ma mère qui attend que j'enfile mes chaussures.

J'acquiesce en silence. Elle crie à Vania de fermer la porte derrière nous. Dans l'ascenseur, Elle pose sa main sur mon épaule, comme pour me signifier qu'Elle est là. Je tente désespérément de refouler mes larmes mais je sens que je ne tiendrai pas longtemps. C'est comme si sa douceur m'était insupportable.

Heureusement, le cabinet se situe à quelques centaines de mètres de notre immeuble et j'arrive à limiter la casse. Par contre quand le médecin annonce que je vais devoir rester deux jours « au chaud chez moi », le barrage craque. Mes larmes coulent à nouveau et cette fois-ci, sans retenue. Le médecin attribue mon chagrin à mon extrême fatigue.

Moi, je ne sais même plus pourquoi je pleure. Est-ce parce que ma mère est à mes côtés et qu'Elle lui ressemble tellement que je n'en reviens pas… parce que j'ai le certificat qui va me sauver la face au collège, ou parce que le médecin a été super gentil avec moi ?

Ou simplement parce que je sais que je vis juste une parenthèse dans ma VDM ?

Je pleure pendant que ma mère règle le médecin.

Je pleure encore quand Elle s'arrête à la pharmacie prendre les médicaments.

Je pleure quand Elle achète la pizza.

Et je pleure toujours dans l'ascenseur qui nous ramène à l'appartement.

Je sais que mon chagrin la bouleverse. Et je sais aussi que je devrais lui parler. Mais je ne suis pas en état de dire quoi que ce soit.

Je retourne m'allonger sur mon lit sans avoir prononcé plus de trois mots. Je pose le certificat médical sur mon bureau. Je ne l'ai pas lâché depuis que le médecin l'a signé.

Elle m'apporte un verre d'eau et mes médicaments tandis que Vania s'approche de mon lit.

– Ça va ? me chuchote-t-il d'un air grave.

J'essaie de le rassurer avec un sourire. Il me regarde puis il la regarde. Il est comme moi. Il a envie de croire que la scène est normale.

Ensuite, il s'éloigne avec Elle. Leurs deux voix se mélangent dans le couloir puis je sombre.

Quand je me réveille, la chambre est plongée dans la pénombre. Mes draps sont mouillés. Je suis en nage.

Je me lève en faisant le moins de bruit possible et je sors de la chambre pour aller boire.

La cuisine est encore allumée. Elle est assise à la table. Elle ne me voit pas mais j'aperçois son profil qui se découpe sous la lumière du plafonnier. Sa main tremble tandis qu'Elle saisit la bouteille de vin à moitié vide.

En se servant, Elle en renverse à côté et un juron s'échappe de sa bouche. Elle se lève pour attraper une éponge. Sa démarche est hésitante, comme si le sol était mou sous ses pieds.

Elle trébuche et s'appuie contre le frigo. Elle ferme les yeux puis les rouvre en tournant son visage vers la porte de la cuisine.

L'espace d'un instant, nos regards se croisent. J'ai envie de hurler parce que je le vois dans ses yeux.

Ma mère est repartie.

Elle a repris sa place.

7 mars

Justine

Emma vient de s'en aller. Justine tremble encore un peu. Juste un peu.

Elle respire plusieurs fois lentement, ça lui permet de se recentrer sur son corps et d'éviter de penser. Ensuite, machinalement, elle nettoie la table de la cuisine et lave les deux tasses de thé. Elle les essuie et les range à leur place. L'espace d'un instant, elle a envie de bien aligner les anses comme elle le fait d'habitude. Mais finalement, elle renonce.

Elle se regarde dans le petit miroir du couloir. Sa sœur et elle ont toutes deux une fossette qui creuse leur menton. Emma le lui a fait remarquer tout à l'heure.

– Tu te souviens qu'il avait la même ? a-t-elle ensuite ajouté. C'est sa marque.

– J'espère bien que c'est la seule chose qu'on a en commun avec Lui, a commenté Justine.

Emma a fixé un point dans le vide sans rien ajouter. Elle a fini par remarquer la photo de Martin que Justine n'a pas réussi à jeter. Elle a eu l'air surprise.

– Ça fait longtemps que cette photo est là ? a-t-elle demandé. C'est un... euh ? C'est ton...

– Ex. Oui c'est mon ex, a répondu Justine en se levant.

Ensuite, elle a enlevé la photo de la vitre sur laquelle elle était scotchée et elle l'a posée sur l'étagère d'à côté.

– OK, a murmuré Emma. J'en conclus donc que c'est un sujet épineux ?

– Disons que ça l'a été. Je commence tout juste à me dire que c'est du passé.

Pour une fois, Emma n'a pas pris cet air supérieur qui la caractérise pour lui expliquer « qu'elle pouvait lui donner des conseils aussi pour ses histoires d'amour ». Elle s'est contentée de hocher la tête lentement avant de murmurer :

– Sans lui, tu n'es pas trop...

– Seule ? a demandé Justine. Triste ? Désespérée ? Je l'ai été. Et tu ne t'en es pas vraiment rendu compte.

– Tu exagères Justine... Je... j'ai essayé de maintenir un semblant de...

– Non. Tu t'inquiètes seulement maintenant parce que je n'ai pas assisté au réveillon. C'est ça qui t'a poussée à « reprendre contact ». Et à m'appeler si souvent. C'est Noël qui te pose problème. J'ai osé bouleverser un ordre bien établi et mon absence pendant cette période festive te dérange !

Emma a rougi avant de s'exclamer :

– Là, tu abuses. Je te signale que c'est toujours moi qui t'appelle. Je suis absente de ta vie mais as-tu envie d'être présente dans la mienne ? Dans la nôtre d'ailleurs ! Je pense aussi à maman qui vieillit et qui…

– Tu as le droit de penser à elle. Tu as aussi le droit d'aimer les fêtes. Mais ne m'oblige plus à faire comme toi.

Justine se demande si elle a haussé le ton. Sa phrase reste en suspens dans la cuisine. Emma est encore plus rouge à présent. Sa main balaie des miettes imaginaires sur la table.

– Donc ça y est, tu coupes les ponts ? À vingt-huit ans tu décides de tourner le dos à ta famille ? C'est ce que je dois comprendre ? chuchote-t-elle.

– Ce n'est pas aussi simple, finit par répondre Justine. Les choses ne sont pas forcément blanches ou noires. Je suis en train de prendre conscience que je porte des valises trop lourdes depuis trop longtemps. Laissez-moi les poser pour reprendre mon souffle.

– Tu n'as pas le monopole de la souffrance, ajoute Emma d'une voix tremblante. On surmonte ses blessures d'enfance comme on peut, Justine. Moi, ce sont ma famille et mon travail qui m'ont permis d'avancer. Toi, tu t'es réfugiée dans les livres. Si aujourd'hui ils n'arrivent plus à combler le vide de ta vie, ce n'est pas MA faute. Ni celle de maman. Ne nous fais pas porter le chapeau.

Justine ne sait pas si elle a envie de rire ou de pleurer. Elle se concentre sur une tache noire qu'elle n'a jamais réussi à faire disparaître sur la table avant d'avouer d'une voix à peine audible :

– J'ai besoin qu'Il meure une deuxième fois. Et tant que je suis avec vous... Il reste là. En moi.

– Mais pourquoi maintenant Justine ? Pourquoi plus de cinq ans après Sa mort ?

Justine reste silencieuse.

Elle revoit le visage de Marina quand elle est réapparue au CDI en début de semaine. Elle a posé *La vie devant soi* sur le bureau du CDI en chuchotant :

– Ça va être compliqué pour moi d'en parler. J'ai peur de pleurer en plein milieu.

Justine a très bien compris qu'en réalité Marina aurait du mal à parler tout court. Elle lui a juste demandé si elle allait mieux.

– J'ai un certificat ! s'est défendue Marina. J'ai justifié mon absence pendant le voyage scolaire.

– Je n'en doute pas Marina, a répondu Justine. Je m'inquiète juste pour ta santé.

C'était une erreur. Montrer son inquiétude était une grossière erreur. Marina a immédiatement fait demi-tour, à la manière d'une biche aux abois. Sans se retourner.

Justine est restée derrière son bureau, le cœur battant. Un credo ancien lui est revenu en mémoire. Sa ligne de conduite pendant des années.

Rester invisible, ne surtout pas faire de vagues. Ne rien dire. Garder en soi cette honte d'être Justine la moche. Personne ne doit savoir. Être lisse et transparente.

Quitte à ne plus parler, ne plus sourire.

Juste exister. Ne plus vivre vraiment.

Justine relève la tête. Elle s'aperçoit qu'Emma a posé une main sur la sienne.

– Pourquoi maintenant ? répond-elle enfin. Parce que j'ai croisé mon fantôme. Un double de l'ado que j'ai été. Et je ne veux pas la laisser sombrer. Pour l'aider, je dois m'aider d'abord, tu comprends ?

Justine n'est pas certaine que sa sœur ait compris mais avant de la quitter, elle l'a serrée dans ses bras.

11 mars

Marina

La seule bonne nouvelle du jour, c'est le voyage professionnel de mon père.

Je garde aussi le bouquin de Forestier.

Le reste est à jeter à la poubelle.

– Tu vois, me dit Vania en raccrochant le téléphone, je pense que papa ne nous aime plus.

Qu'est-ce que je suis censée dire à mon petit frère de neuf ans ? Que c'est normal que son père qui ne le voit que quelques jours par an ait trouvé le moyen d'être absent pour les vacances d'hiver ? Que dans toutes les familles, c'est la même chose ?

En plus, Il nous l'a vendu en mode « C'est horrible, j'ai essayé de ne pas y aller mais je suis OBLIGÉ de partir à Madrid ». Il a bien joué son rôle de père désespéré même si Vania ne l'a pas cru longtemps.

Moi, je ne suis pas entrée dans son jeu une seule seconde. Je le connais. Il a toujours adoré les voyages. Plus que ses propres enfants, c'est clair. Quand je pense qu'Il ose affirmer qu'Il était triste ! En plus, avec moi, Il n'a pas besoin d'en rajouter parce que ça m'arrange grave de ne pas aller chez lui.

Elle décolle de plus en plus souvent et pas en direction de l'Espagne. La laisser seule, c'était impensable. Je ne serais pas allée à Versailles de toute façon. J'aurais trouvé une excuse bidon.

– Tu sais, Moineau, les voyages professionnels, c'est du sérieux. On ne peut pas dire « désolé j'y vais pas, j'ai piscine ».

Mon frère me regarde avec son air de vieil homme. Demain, il marchera avec une canne et je ne serai pas étonnée.

– Oui. Mais... On avait prévu des choses. Alors s'il nous aimait vraiment il se serait arrangé pour...

– Écoute Moineau. Ces choses-là n'ont rien à voir avec l'amour. Est-ce que tu crois que « maman » a arrêté de nous aimer ?

Vania lève ses yeux vers moi, surpris de m'entendre utiliser le mot qui ne fait plus partie de mon vocabulaire. Il secoue la tête de droite à gauche avec force.

– Et pourtant, des fois, Elle fait des trucs... horribles, non ?

– Oui, me répond-il gravement. Et même si on en a marre...

– On continue à l'aimer aussi. Voilà. Donc pour papa, c'est pareil. Il ne nous trahira pas. T'inquiète.

Mon frère a un minuscule sourire. Je ne sais pas comment j'arrive encore à lui donner de l'espoir alors que je suis au fond d'un gouffre qui se referme petit à petit.

– Pendant les vacances, tu me promets qu'on ira au parc des Tortues ? Tu essayeras de décider maman ?

J'acquiesce avec un faux sourire. Ça devient ma marque de fabrique le faux sourire. Il n'est pas difficile à produire et il donne le change. J'ai l'air d'une ado à peu près normale. En plus, il rassure Vania.

– OK ! On ira voir ta tortue qui va super vite ! Ta tortue casquette !

Mon frère se met à rire.

– N'importe quoi ! Elle ressemble à un casque mais elle ne s'appelle pas casquette !

Il se lance dans une grande explication mais personne ne peut se douter que je ne suis pas passionnée par son exposé. Plus mon frère parle de sujets qui le passionnent plus il en oublie notre VDM donc s'il faut faire semblant, il peut compter sur moi.

D'ailleurs, je ne fais plus que ça. Semblant.

Mon portable vibre dans ma poche et je suis obligée d'interrompre Vania qui court chercher sa tablette pour me montrer de nouvelles images.

Super news ! Je peux venir te voir pdt les vacances d'hiver !!!! Smiley qui devient rouge de bonheur.

Je relis trois fois le sms de Camille et je repose mon téléphone sans lui répondre. Je ne vois pas ce que je vais pouvoir lui dire…

Parce que « *Non Camille, tu vois actuellement, il est hors de question que tu débarques vu que je n'ai pas envie que ma meilleure amie découvre que ma mère est alcoolique, ne travaille plus, et ne cherche pas un nouveau job* », ça ne sera pas possible. Pas plus que « *Oui viens partager mon quotidien où chaque jour est une aventure puisque Vania et moi on ne sait jamais si Elle sera clean en rentrant. Et si Elle l'est, on ne sait pas si Elle le sera toujours en se couchant* ».

Vania revient en courant sa tablette à la main. Il me la colle sous le nez pour me montrer les nouvelles naissances au parc des Tortues. Il parle vite et fort comme s'il fallait faire disparaître le silence qui règne dans notre appartement. J'ai envie de mettre mes mains sur les oreilles. J'ai même envie de lui hurler de se taire. Ça m'arrive de plus en plus souvent.

– OK Moineau. C'est cool mais là, il faut que je réponde à Camille…

J'ai réussi à me maîtriser. Je sens que la vague de colère qui montait en moi est en train de refluer. Je suis de plus en plus sujette aux marées. Flux et reflux d'humeur. Haine et colère. Lassitude extrême.

Vania saisit sa console et disparaît dans un monde virtuel rempli de dinosaures à apprivoiser. Des fois, j'ai envie d'attraper sa main et d'entrer pour de bon avec lui dans cet univers musical et coloré.

À la place, je réponds au sms de Camille. Prends donc la réalité en pleine poire, Marina.

Smiley qui pleure des torrents de larmes. Smiley qui se noie dans ses larmes. Suis déjà invitée au ski par une copine d'ici... Sorry ma Cam.

J'ai peur de sa réponse. Peur qu'elle comprenne que je ne suis qu'une menteuse. J'ai presque envie d'éteindre mon portable. Couper ce lien qui me ramène sans cesse à mon ancienne vie puisque Camille reste l'amie la plus fidèle que j'aie jamais eue et qu'elle m'envoie très régulièrement des messages.

C'est d'ailleurs la seule, ou presque. Au collège, les relations avec Éva sont de plus en plus lâches. Elle aurait pu devenir une amie dans une autre vie. Je crois qu'elle se lasse de la distance que j'ai instaurée. Elle a essayé plusieurs fois de nouer des liens plus solides. Elle m'a invitée à manger chez elle un midi. J'ai refusé. Je ne peux pas ouvrir des portes vu que je vis dans une forteresse.

Quant à Sam, il s'accroche.

Ce matin, en permanence, il a carrément lancé que je devais être « agent secrète » pour raser autant les murs. Ou que j'avais dû être fantôme dans une vie précédente.

J'en ai eu des frissons. Est-ce qu'à force de vouloir être transparente on en devient encore plus visible ? J'ai sorti mon faux sourire. Sam a insisté en chuchotant :

– Sérieux. Tu ne réponds pas souvent à mes messages. Dis-le si tu veux que j'arrête de t'en envoyer.

Les larmes sont arrivées d'un coup. C'était horrible. J'ai senti que mes yeux étaient en train de se remplir et je ne savais pas pourquoi. Ou si, je le savais trop. Toute gentillesse à mon égard me bouleverse parce que vivre sur la pointe des pieds rend super émotive.

Oui, Sam est un gentil garçon, mais non. Toute love story avec moi est impossible.

Je me suis penchée vers mon sac de cours et j'ai fait semblant de chercher un truc. J'ai cligné des yeux plusieurs fois et, quand j'ai relevé la tête, je croyais avoir un visage présentable.

– Non Sam, j'ai répondu doucement. C'est juste que… Tu sais… j'ai beaucoup d'activités en dehors du collège donc je ne suis pas toujours…

Le pion nous a fait signe de nous taire et on a interrompu notre conversation, ce qui m'a arrangée. Mais Sam a continué à me jeter des regards en biais. Et il avait une drôle de tête. Donc il a vu.

Et il sait que je mens. J'en suis certaine.

J'ai évité de rester visible après l'heure de permanence. Je suis allée au CDI puisque c'est l'endroit où je peux m'oublier. En lisant.

La prof doc, elle, ne m'oublie pas. Le mardi où je suis revenue au collège après mes six jours d'absence (et avec mon certificat sur lequel j'avais réussi à modifier les dates), les profs n'ont pas cherché à en savoir plus. Marina Giroux absente du... au..., ça rentre dans une case et en plus, c'est justifié.

Forestier, elle, a eu ce regard incroyable quand elle m'a vue arriver avec mon bouquin à la main. Une demi-seconde. Un vrai rayon laser. Cette prof voit des choses là où les autres sont aveugles. Au moment de lui rendre *La vie devant soi*, au lieu de parler littérature comme je l'avais prévu, je me suis justifiée à propos de mon absence. Forestier a semblé VRAIMENT inquiète pour moi. Comme si elle se doutait d'un truc. Une vague de panique m'a submergée. Et je me suis carrément enfuie. Réaction stupide et démesurée. J'ai cru que je venais de m'interdire l'accès au CDI, que je m'étais auto-grillée.

Sauf que le lendemain, pendant le cours d'anglais, Forestier en personne était là. Elle apportait des documents à Mme Sevrin qu'elle secondait pour préparer l'exposition sur le voyage scolaire en Angleterre. Moi, j'étais l'intruse. La seule à ne RIEN pouvoir raconter. Mais la prof doc avait anticipé.

– Je pense que Mme Sevrin ne s'opposera pas à ce que tu travailles toi aussi mais d'une autre façon. Que dirais-tu de m'aider au CDI à chaque fois qu'une séance voyage a lieu dans ta classe ? Je crois que quatre créneaux d'une heure sont prévus.

Je n'ai dit ni oui ni non. Je me suis contentée de sortir mon faux sourire. Même si celui-ci était vrai pour une fois.

Cet après-midi, j'ai passé une heure à aider Mme Forestier à ranger ses commandes. On n'a pas reparlé de mon absence.

Je suis repartie avec un livre qu'elle a choisi pour moi.

– Tu as forcément entendu parler du *Journal d'Anne Frank*, m'a-t-elle dit. Je te recommande de lire le témoignage de cette adolescente juive qui pendant la Seconde Guerre mondiale a dû vivre cachée avec sa famille afin d'échapper aux persécutions nazies. Pendant deux ans, elle va tenir un journal, s'adressant à une amie imaginaire, Kitty. Son témoignage bouleversant a été lu par des millions de…

Moi comme d'habitude, j'ai cessé d'écouter. J'ai regardé la photo noir et blanc de la couverture. On y voyait une adolescente qui souriait, d'un air confiant. Sur la quatrième j'ai lu « *Je vais pouvoir, j'espère, te confier toutes sortes de choses, comme je n'ai encore pu le faire à personne et j'espère que tu me seras d'un grand soutien*».

J'ai emporté le livre pour cette raison.

Pour pouvoir découvrir la force des mots.

J'ai déjà commencé à le lire. J'ai fait connaissance avec Anne Frank qui avait mon âge en 1942 et qui devait vivre en silence… ou presque. Deux ans dans un espace restreint. Deux ans à vivre dans la peur, à espérer un avenir meilleur. Chaque phrase de ce témoignage m'atteint au plus profond de mon être. Je connais la fin de cette histoire mais pendant ma lecture, je me surprends à espérer que la porte de cette annexe qui renferme Anne Frank s'ouvre sur sa liberté.

C'est juste un rêve.

Parfois il m'arrive d'en avoir encore.

22 avril

Justine

Justine était venue acheter du café et du sucre pour le CDI quand elle l'a aperçue dans l'allée centrale. Marina portait un tote bag en bandoulière et elle était accompagnée d'un garçon qui lui ressemblait beaucoup. Son frère très probablement.

Justine s'est cachée. Elle se sentait un peu idiote mais elle était persuadée que Marina aurait été capable de tout laisser en plan si elle l'avait vue.

De loin, l'adolescente avait l'air plus âgée. Elle se penchait de temps en temps vers le petit bonhomme qui la suivait et qui n'arrêtait pas de parler. Elle avait un scanner à la main qui permet de vérifier les prix et elle le passait sur de nombreux aliments d'un air très concentré.

Justine a suivi le duo à distance. Elle espérait voir apparaître un ou une adulte pour comprendre. Pour vérifier, plutôt.

Ils sont restés seuls jusqu'aux caisses où Marina a ouvert un porte-monnaie pour payer les cinq articles qu'elle a sortis du tote bag. Du riz, des œufs, du thon en boîte, des lentilles et des pommes. Justine a noté qu'elle avait choisi les aliments les moins chers et en promotion. Une vraie consommatrice avisée. Juste à côté de ce couple miniature, un groupe d'ados posait sur le tapis des paquets de chips, des barres chocolatées et un pack de soda. Justine s'est dit que Marina avait exactement leur âge... mais seulement vue de l'extérieur.

Le temps qu'elle paie ses achats, elle a perdu de vue l'adolescente et son frère. Elle a décidé qu'elle allait vérifier l'adresse des Giroux. Elle était étonnée de les voir dans son quartier. Mais c'est la seule chose qui l'a surprise. Le comportement d'adulte de Marina faisant ses courses et essayant de coller au plus près de son budget n'a fait que confirmer ce qu'elle perçoit depuis le début. Cette élève se gère seule. Elle en a l'habitude. Et quand elle n'est plus collégienne, elle n'est pas ado pour autant. Elle est chargée de famille, ou presque.

Justine s'est revue à son âge. Emma avait fui depuis longtemps le domicile familial puisqu'elle travaillait en poursuivant ses études supérieures. Elle se sentait tellement seule. Son père vivait dans son monde d'ivrogne et sa mère tentait tant bien que mal de résister aux tempêtes de la vie. Quand elle faisait les courses, Justine n'avait pas intérêt à oublier les packs de bière. Elle se rappelle sa honte à chaque fois qu'elle était chargée de cette tâche. Et combien de fois elle aurait voulu disparaître pour recommencer une autre vie. Si, à cette époque, elle n'avait pas eu les livres pour lui tenir compagnie, elle sait qu'elle aurait pu… disparaître, vraiment.

Justine a soupiré en remontant le long de sa rue. Elle a repensé à Marina qui a demandé à avoir une « double dose de livres » pour les vacances en sous-entendant que les quinze jours seraient longs. Elle ne l'a pas interrogée sur ses projets puisque Marina rejette en bloc toute question qui tourne autour de sa vie familiale. Depuis les dernières vacances, elle a de plus en plus souvent les traits tirés et l'air anxieux. Parfois, elle n'a plus rien d'une adolescente.

C'est aussi pour cette raison que la prof doc prend un soin tout particulier à conseiller des livres à Marina. Elle maintient ce fil invisible entre elles deux. Un peu comme un pont entre deux mondes qui permet à l'adolescente de revenir encore et encore.

Cette fois-ci, Justine a choisi une pièce de théâtre, deux gros romans d'anticipation et un recueil de nouvelles fantastiques. C'est dans ce dernier qu'elle a glissé le marque-page. Quand elle les a tendus à Marina, il y a deux jours, elle a croisé les doigts pour que son ajout ne finisse pas à la poubelle.

Juste avant de monter dans le bus, Justine a cru reconnaître Martin de dos, sur le trottoir d'en face. Mais c'était juste un passant qui avait sa stature… et le même pull marin qui lui allait si bien. Elle a repensé à lui, à la façon dont il est parti.

À cette peine incommensurable qui l'a envahie les semaines qui ont suivi.

Elle avait été infiniment triste mais elle n'était pas surprise. Elle avait toujours su qu'un jour il la quitterait puisqu'elle n'avait jamais compris comment il pouvait l'aimer, elle, Justine l'insignifiante. Aujourd'hui, et aujourd'hui seulement, elle réalise qu'elle l'a fait fuir à force de répéter qu'elle ne le méritait pas.

Martin est un être solaire. Justine et ses ombres ont fini par le glacer.

Avant d'entrer au CDI, Justine s'est dirigée vers la partie administrative pour consulter le dossier « Marina Giroux ». Les vacances de printemps viennent de commencer et le collège est bien trop silencieux pour la prof doc. Elle préfère quand il bruisse de toutes parts. Elle se sent vivante quand le chant des ados rythme ses journées. Flore, la nouvelle secrétaire, l'a aidée à trouver la fiche dont elle avait besoin. Justine a soigneusement noté l'adresse des Giroux, leur résidence lui était inconnue. Au passage, elle a constaté que le numéro de téléphone fixe avait été barré récemment et remplacé par un numéro commençant par 06 qu'elle a recopié.

Elle est passée au CDI pour y poser ses achats et ranger deux cartons de livres qui traînaient depuis trop longtemps. Elle a réglé son problème de photocopieuse toute seule et elle s'est récompensée en piochant dans sa réserve ultra secrète de bonbons.

En savourant ces sucreries, elle a choisi un roman d'aventures pour sa nièce Lina. Justine est invitée à passer le premier week-end des vacances chez Emma et elle n'a pas pu refuser. Elle appréhende ces quarante-huit heures où elle va partager l'intimité de cette famille qui est censée être aussi un peu la sienne. Et en même temps, elle se sent étrangement impatiente.

C'est au moment de fermer le CDI qu'elle a eu cette idée.

Elle a décroché le téléphone interne et elle a composé le numéro de portable noté sur la fiche de Marina Giroux.

Elle a tout de suite reconnu la voix qui lui a répondu.

23 avril

Marina

Cette nuit, un cauchemar m'a réveillée. J'essayais de crier mais aucun son ne sortait de ma bouche. Quand j'ai ouvert les yeux, j'ai mis quelques secondes avant de comprendre que je n'étais pas dans mon lit mais sur le canapé.

Alors j'ai bondi jusqu'à sa chambre mais son lit était toujours vide. J'ai saisi mon portable et je L'ai appelée pour la cinquantième fois. Son répondeur a émis la même ritournelle : « *Vous êtes bien sur la messagerie de Christèle Giroux, je ne suis pas disponible pour le moment mais vous pouvez laisser un message et je vous rappellerai.* »

Je n'ai pas enregistré de message. J'en avais déjà laissé une dizaine. Au moins deux par heure. Depuis 19 heures, Vania et moi, on n'a pas arrêté de lui téléphoner. Depuis qu'on a réalisé qu'il était tard et qu'Elle n'était toujours pas rentrée.

À 21 heures, j'ai marché dans tout le quartier. Moineau voulait venir avec moi mais je lui ai demandé de rester à l'appartement.

– Si jamais Elle revient, il faut que tu puisses lui ouvrir et me prévenir, tu comprends ?

– Et si… Si Elle a…

Je n'ai pas laissé mon frère finir sa phrase. J'ai préféré sortir. En passant devant les bars, j'avais le ventre noué. Je priais pour la trouver dans l'un d'eux, mais en même temps, j'espérais ne pas avoir à la ramener saoule à la maison. J'ai marché près de deux heures. Quand je suis rentrée, Moineau était assis à côté du téléphone. Il n'avait pas bougé d'un pouce et je crois que c'est ce qui m'a fait le plus de peine durant cette soirée pourrie.

Je suis allée le coucher en lui promettant qu'Elle serait sûrement de retour dans la nuit. Je suis restée longtemps à côté de lui pour être sûre qu'il s'endorme. Ensuite, j'ai veillé sur le canapé, mon portable à la main. Je ne me souviens pas à quel moment j'ai sombré.

Après mon réveil en sursaut, j'ai tourné en rond, morte d'angoisse. Je ne savais plus quoi faire. J'ai failli appeler mon père…

Je ne sais pas pourquoi j'ai ouvert la porte de l'appartement.

J'ai dû l'entendre grogner.

L'espace d'un instant, je me suis demandé si j'étais toujours dans mon cauchemar.

Elle était affalée sur le paillasson, devant chez nous. Couchée en chien de fusil. Elle a bougé quand j'ai touché son épaule. Elle puait parce qu'Elle avait vomi. Je me suis mise en conduite automatique. Quand Elle est dans cet état, je sors de mon corps. Il y avait deux urgences : que les voisins ne la voient pas comme ça et que Vania ne se réveille surtout pas.

Je l'ai tirée de toutes mes forces à l'intérieur de l'appartement et Elle a grogné des mots inintelligibles. Quand Elle a été à l'intérieur, à l'abri des regards, j'ai respiré un grand coup. Ensuite, j'ai eu envie d'aller chercher un seau d'eau et de le lui balancer en pleine figure. Mais je ne voulais pas que Moineau entende quoi que ce soit. Je lui ai passé des gants d'eau fraîche sur le visage. Je l'ai appelée, doucement.

Elle me dégoûtait et, en même temps, Elle me faisait une peine infinie. Je la haïssais profondément et pourtant, mon cœur explosait d'amour pour Elle. Je voulais qu'Elle disparaisse de ma vie et malgré cela, j'aurais donné tout ce que j'ai pour la protéger.

Elle a fini par émerger suffisamment pour s'asseoir et demander à boire. Elle a quasiment bu un demi-litre d'eau sans s'arrêter. Après, Elle est restée assise un moment, le regard vide. J'étais en face d'Elle, nos pieds se touchaient presque.

– Je devrais être morte pour ce que je te fais subir, a-t-Elle déclaré d'une voix horrible. Pour tout ce que je VOUS fais subir à Vania et toi.

Je lui ai demandé de se taire.

– Si tu veux parler, on le fera demain. Maintenant, tu te douches et je te mets au lit. Viens.

J'ai essayé de la relever mais Elle a résisté en pleurant. Elle gémissait qu'Elle allait nous perdre et qu'Il nous emmènerait. Quand Vania est arrivé dans le couloir, j'ai eu envie de hurler. Surtout qu'Elle s'est mise à geindre encore plus fort et à vouloir le serrer dans ses bras. J'ai pris mon frère contre moi en lui affirmant que je gérais et qu'il devrait aller se coucher. Il l'a regardée, avec cette grimace qui montre qu'il ne veut pas pleurer.

– Elle s'est fait mal ? a-t-il demandé d'une voix tremblante.

– Mon bébé, mes bébés d'amour, ne me laissez jamais, mes bébés... se lamentait-Elle en secouant la tête comme une folle. Je vais mourir si vous m'abandonnez...

J'ai eu soudain l'impression de survoler la scène et de nous voir tous les trois, tassés dans le couloir, cernés par le malheur et la peine.

J'ai su qu'on avait touché le fond et qu'il nous était impossible de descendre plus bas.

Je me suis approchée d'Elle. Je l'ai forcée à me regarder dans les yeux. Ensuite, j'ai chuchoté :

– Maman tu es pire que les sdf du métro qui me faisaient peur quand j'étais petite à Versailles. Tu nous fais honte. Lève-toi et suis-moi dans la salle de bains, je ne veux plus entendre un seul mot sortir de ta bouche de poivrote.

Mon discours a eu de l'effet. Elle a pincé les lèvres et un semblant d'effroi est passé dans ses yeux. J'ai renvoyé Vania dans sa chambre et j'ai réussi à la tenir tant bien que mal jusqu'à la salle de bains. Je l'ai douchée.

Je commence à avoir une certaine technique pour qu'Elle ne glisse pas puisque c'est la troisième fois que je suis obligée de l'aider. Ensuite, Elle a marché à peu près droit jusqu'à son lit sur lequel Elle s'est écroulée.

Quand j'ai rejoint ma chambre, il était 3 h 20. Vania dormait. Avant de sombrer, je me suis dit qu'Elle avait pensé à nous finalement... en faisant sa crise le soir où les vacances de printemps démarrent. Aucune obligation de nous lever le lendemain.

Ce matin, les vacances commencent. J'ai mis ses affaires pourries à la machine. J'ai dû nettoyer un peu le vomi devant chez nous et j'ai eu de la chance de ne croiser personne. Je ne me suis pas amusée à descendre dans la cage d'escalier pour voir si Elle avait semé d'autres souvenirs en rentrant hier soir... Tant pis pour le reste.

Après ce petit ménage de printemps, je vais jeter un œil sur Elle. Je rabats les draps sur ses jambes. Il fait froid, je trouve. Elle n'allume plus le chauffage dans sa chambre pour dépenser moins. Je me demande ce que lui envoie notre père chaque mois pour payer les factures parce qu'il est clair que plus le temps passe, moins Elle fait de courses. Je me charge d'acheter ce qui manque quand j'arrive à récupérer un billet au passage. Et c'est de plus en plus difficile.

Le mois dernier, Elle a fini par nous avouer qu'Elle avait perdu son travail.

– Comment on va faire si tu ne gagnes plus d'argent ? a demandé Vania avec son regard de vieil homme.

Elle lui a souri. C'était un soir où Elle allait bien. Avec Elle, c'est le grand huit permanent. Sauf que, depuis quelque temps, on ne fait que descendre toujours plus bas.

– Est-ce que tu crois que je vais rester les bras croisés à attendre qu'on me propose un travail ? a-t-Elle déclaré. Je vais trouver, ne vous inquiétez pas.

Ben voyons. On ne s'inquiète pas du tout.

Voilà trois mois qu'Elle est au chômage et je SAIS qu'Elle ne cherche plus.

J'ai l'impression d'être dans une voiture lancée à plein régime et qu'on ne peut plus arrêter. On va finir dans le mur, Moineau, Elle et moi. C'est obligé.

Je ne vois pas comment nous sortir de cette course vers le néant. Si j'alerte mon père, il nous tendra la main à Vania et moi mais sans Elle… Et si quelqu'un découvre quelque chose au collège, Elle sera jugée et cataloguée « mère qui ne peut pas s'occuper de ses enfants », c'est sûr. Et on devra partir.

Quelles que soient les issues possibles, on la laisse derrière nous. Elle nous l'a suffisamment dit pour qu'on la prenne au sérieux, Elle en mourra.

Et justement, au collège, malgré mes efforts d'invisibilité, Forestier est en train de braquer ses feux sur moi puisque hier, elle a découvert que je répondais à la place de ma mère. Elle m'a appelée et comme j'ai vu que c'était un des numéros du collège, j'ai décroché. Il ne lui a pas fallu longtemps pour me reconnaître même si je ne sais pas comment elle a fait. J'ai pris soin de dire « Christèle Giroux, allô j'écoute », comme faisait ma mère quand elle avait encore des conversations téléphoniques mais Forestier a tout de suite rétorqué :

– Marina ? C'est toi ? C'est Justine Forestier, la documentaliste du CDI. Tu peux me passer ta mère s'il te plaît ?

J'ai continué en mode « Je suis bien la mère de Marina, madame, vous désirez me parler ? » mais rien à faire. La prof doc doit avoir une oreille bionique, comme les super héros. Ou je n'avais peut-être pas assez la pêche. En plus, j'avais oublié de poser le foulard entre ma bouche et le combiné. Bref, Forestier ne m'a pas crue puisqu'elle a déclaré :

– Marina, il va falloir me passer…

J'ai raccroché.

Et j'ai éteint mon portable. Je l'ai rallumé seulement ce soir quand Elle a disparu.

Je bois un bol de lait en jetant un œil sur l'un des livres que m'a passés Forestier pour les vacances. C'est un recueil de cinq nouvelles fantastiques écrites par Maupassant.

Pourquoi ne s'est-elle pas contentée de me prêter des romans ? Est-ce qu'elle avait besoin de fouiner dans mes affaires ? Je sens la colère monter en moi. Comment je vais justifier le fait de répondre sur le portable de ma mère à sa place ?

– Elle va mieux ?

Moineau sort juste de son lit et il me fait sursauter.

– Elle dort pour l'instant, je lâche en bâillant.

– Il faut qu'on lui parle, déclare Vania. Je veux le dire à papa.

Je serre mes mâchoires de toutes mes forces. Je me concentre sur la couverture du livre de Maupassant. Le mot « fantastiques » clignote presque devant mes yeux. Comme un rappel de ce que n'est absolument pas ma vie.

– Tu as entendu ce que j'ai dit ? insiste Vania.

Je reste mutique. Mon frère ne supporte pas que je ne lui donne pas mon avis.

– Il faut tout raconter à papa, répète-t-il.

Je finis par lever les yeux vers lui. Je dois avoir un drôle de regard parce qu'il recule d'un pas.

– Tu sais ce qu'il fera ton petit papa chéri quand Il saura ? Il nous fera venir à Versailles et Elle... Il la laissera crever ici. Tu le sais aussi bien que moi, Vania. Elle le fera.

J'ai craché mes derniers mots.

Mon frère détourne son visage. Il ne supporte pas cette vérité.

Moi j'ouvre et je ferme le bouquin que m'a prêté Forestier. Je pense aux billets de train que notre père a envoyés. On est censés partir la semaine prochaine. Camille m'attend avec impatience.

Ça me fout en l'air de savoir qu'elle va m'attendre encore longtemps.

8 mai

Justine

Justine n'en revient toujours pas. Elle a appuyé sur *envoi.*

Elle a relu dix fois son message. Jusqu'à ce que son index décide à sa place.

Je suis prête à parler si tu as toujours envie de m'écouter.

Son cœur bat si fort qu'elle n'arrive pas à le contrôler.

C'était la phrase favorite de Martin. «Je veux tout savoir de toi. Raconte.» Elle détestait quand il la pressait ainsi. Elle se repliait sur elle-même et souhaitait disparaître. Devenir invisible l'espace d'un instant pour qu'il cesse de l'interroger. Il espérait qu'elle se dévoile, qu'elle lâche prise. Mais elle n'a rien laissé filtrer de la Justine qu'elle a été. Au contraire, plus il cherchait à creuser dans son passé, plus elle enfouissait ses souvenirs profondément.

Il a fini par se lasser. Difficile d'aimer une femme-hérisson.

Il a quitté l'appartement un matin de juillet.

Justine se souvient qu'elle a pleuré des heures et des heures après son départ. Mais elle n'a pas cherché à le rattraper. À cette époque elle n'était pas capable de croire au bonheur.

En est-elle plus capable aujourd'hui ? Elle ne sait pas vraiment.

Justine veut surtout arrêter de vivre avec des regrets. Elle l'a compris ce week-end. Ces deux jours passés chez sa sœur lui ont permis de faire le point. En tout cas de commencer à y voir un peu plus clair dans sa vie. Et de tendre la main à une autre Justine Forestier. Celle qui a commencé à apparaître tout doucement depuis quelque mois. Celle qui lutte pas à pas contre ses cauchemars et contre Sa voix qui revient sans cesse. Comme s'Il n'avait pas vraiment fini de lui faire mal.

Elle repense à cette longue conversation qu'elle a eue avec Emma au début des vacances. Elle se revoit, assise à côté de sa sœur aînée dans le canapé de son salon spacieux. Elles étaient seules comme si le mari et les deux enfants d'Emma avaient compris que l'heure était venue... et qu'il fallait qu'ils s'éclipsent.

Il a été le sujet principal de leur échange. Presque le seul et unique sujet d'ailleurs.

Il fallait qu'elles Le fassent revivre une dernière fois pour mieux l'enterrer.

À tout jamais.

– Tu traverses une période très douloureuse Justine, a affirmé Emma ce soir-là. Tu as déclaré que tu devais t'éloigner de nous, de moi, de maman, pour mieux respirer. Je voulais juste te dire qu'Il nous a toutes fait souffrir…

Justine a baissé la tête. Elle fixait une forme rouge sur le tapis. Une sorte de spirale hypnotique qui attirait son regard.

– Il n'a jamais aimé personne, je pense, a continué Emma d'une voix blanche. Je ne suis même pas sûre qu'il était muni d'un cœur. Et lorsqu'il avait bu, sa haine décuplait. Tu sais ce qu'il disait tout le temps de moi ? « *Avec ton physique et ton cul, tu peux gagner ta vie ! Parce que pour le reste tu as le QI d'une méduse.* » Tu as oublié ses paroles parce que tu étais petite à l'époque. Nos huit ans de différence ne nous ont pas permis de vivre grand-chose en commun.

Emma s'est tue quelques secondes. Sans relever la tête, Justine a posé sa main sur celle de sa sœur. Elle était glacée.

– Il n'a jamais cessé de me harceler. Pourquoi crois-tu que j'ai fui la maison dès que j'ai pu ? Je me suis jetée à corps perdu dans les études pour lui prouver que je ne me servirais pas de mon « cul » mais de mon cerveau pour réussir. D'où mon accumulation de diplômes et cette course effrénée vers un travail qui me valorise. Toi tu t'es réfugiée dans les livres...

– Et... Maman... Pourquoi l'a-t-elle laissé nous abîmer à ce point ?

Emma a hésité une seconde avant de murmurer :

– Je ne sais pas. La crainte ? Le devoir ? Un semblant d'amour ? Il y a des tas de familles dans lesquelles tout dysfonctionne et où les couples sont pérennes une vie entière...

Justine a resserré la pression de sa main et Emma s'est appuyée contre son épaule. Un geste d'affection qu'elles n'avaient pas eu depuis tellement longtemps. Ensuite, elles ont remonté le cours du temps. Et elles ont pleuré. Beaucoup. Les deux sœurs ont évoqué des souvenirs oubliés. Tout ce qu'elles ont ramené à la surface cette nuit-là a été trié, catalogué. Justine a toujours été maniaque, elle sait s'y prendre quand il s'agit de ranger. Et cette fois-ci, plus de poussière sous les tapis. Elles ont veillé à ce que les choses soient dites, une bonne fois pour toutes.

Au moment de regagner son lit, au petit matin, Justine a pensé à cet aphorisme qu'elle a lu dans *Le sable et l'écume* de Khalil Gibran, un poète libanais. « *Nul ne peut atteindre l'aube sans passer par le chemin de la nuit...* » Elle a été saisie à retardement par la beauté de ces mots.

Il lui a fallu du temps pour le comprendre. On n'efface pas les blessures d'enfance mais on peut agir pour qu'elles cicatrisent bien.

Quand elle est rentrée chez elle le lundi, Justine était épuisée. Elle a pensé à ses échanges avec Emma, encore et encore. Ensuite, elle a eu besoin d'occuper le temps et l'espace pour empêcher son cerveau de tourner en boucle.

Elle a continué à trier. Elle a fait du rangement dans sa penderie. Elle s'est débarrassée des robes un peu trop amples que Martin n'aimait pas. Il disait toujours qu'elle s'en servait pour cacher son corps et il avait raison. Elle a préparé une caisse avec deux vieux pulls informes et deux pantalons d'un autre temps.

Ensuite, elle s'est attaquée à sa bibliothèque.

Et elle a posé sur une étagère dans la cuisine un roman destiné à Marina pour ne pas oublier de l'emporter au collège.

C'est une vieille édition du *Mystère de la chambre jaune*, un policier incontournable selon Justine. Et même s'il date de 1907, Gaston Leroux a su écrire une histoire intemporelle qui peut être lue par toutes les générations. Elle sait en plus qu'une projection de ce policier, adapté de nombreuses fois, est prévue au ciné-club pour les quatrièmes.

Depuis le début des vacances, Justine a beaucoup pensé à Marina. Elle n'a pas été étonnée, quinze jours plus tôt, de tomber sur l'adolescente en composant le numéro censé être celui de sa mère. Elle a eu confirmation de ce dont elle se doutait. Marina n'a jamais donné les coordonnées de sa famille au collège et elle s'est toujours arrangée pour rester… invisible aux yeux de l'administration. Ou presque. Justine a essayé de lui envoyer un message après son appel mais Marina n'y a pas répondu. Elle n'est pas allée vérifier si Marina vivait bien à l'adresse inscrite sur la fiche des Giroux. Elle a juste localisé la rue qui se situe entre son quartier et le collège.

La jeune femme a hâte de rouvrir son CDI dès demain.

Elle a envie de reprendre sa vie de prof doc. Elle a le sentiment d'être en phase avec le printemps qui s'approche. Le soleil se lève un peu derrière les nuages et ça fait du bien.

Elle veut aussi savoir où en est Marina. Elle va devoir être patiente. Ne pas brusquer les choses, surtout…

Ce matin, Justine entre dans la salle de bains et elle se regarde un peu plus longtemps que d'habitude dans le miroir. Elle décide de ne pas attacher ses cheveux. Pas de barrettes non plus pour les mèches rebelles. Elle les laisse vivre leur vie.

Elle a envie de changement.

8 mai

Marina

Trop coooool cette semaine avec toi. Vivement les proch vac ! Smiley qui prie que le temps passe plus vite.

Le train défile à toute vitesse. On n'a pas le temps de voir vraiment le paysage dans un TGV. Vania dort. Évidemment, il a appuyé sa tête contre mon épaule et je ne peux plus bouger.

Avant de sombrer, il m'a redit pour la vingtième fois qu'il ne reviendrait PLUS JAMAIS à Versailles. Comme si j'allais essayer de l'en dissuader !

Je passe *Long time ago* en boucle dans mon casque. J'ai beaucoup écouté cette chanson avec Camille. Elle me file le blues dans ce train qui me ramène vers ma VDM. J'ai le cœur gros, comme on dit. D'ailleurs cette expression est idiote. Il n'est pas gros mon cœur. Je crois plutôt qu'il diminue de volume.

C'est normal, j'ai de moins en moins de monde à aimer.

En tout cas, dans ma famille, c'est un peu l'hécatombe.

Elle... Elle s'éloigne à vue d'œil, malgré notre proximité.

Quant à mon père, c'est réglé. Vu ce qu'Il vient de nous faire, Il n'est pas près de nous revoir.

Ces cinq jours à Versailles marquent la fin d'une époque, celle où on pouvait encore espérer. Parce que même si j'ai tout fait pour enlever cette idée de la tête de Vania, je ne voyais qu'une chose pour la sauver... Que notre père revienne à la maison.

Il vient de nous démontrer par A plus B que les Giroux en couple, c'est has been. Terminé. Finish. À la poubelle le mariage.

Notre père a remplacé son ex-femme. Et Il a eu le culot de nous présenter la nouvelle !

Je n'ai pas de mots pour exprimer ma déception et à quel point je regrette d'être allée à Versailles. D'ailleurs je ne voulais pas qu'Elle reste cinq jours sans nous.

Sauf que...

Sauf que... J'ai eu envie de la croire.

Après sa disparition et son retour ivre morte à la maison au début des vacances, Vania et moi, on l'a convoquée dans le salon. On était dans une telle impasse qu'on n'avait plus le choix. Elle a commencé par son discours habituel « Mes amours mes chéris, je regrette tellement etc., etc. » mais je ne lui ai pas laissé la moindre ouverture. Je l'ai coupée pour déclarer :

– Maman, Vania et moi, on ne veut plus être tes amours, ni tes chéris, ni quoi que ce soit. On ne veut pas non plus de tes lamentations. On veut des actes. On veut que tu arrêtes de…

Elle m'a interrompue en levant la main, comme une enfant à l'école.

– J'ai trop bu hier soir, horriblement trop, a-t-Elle déclaré alors que des larmes inondaient ses joues. Je… Je n'étais plus moi-même…

– Mais nous, on ne parle pas seulement d'hier ! On veut que t'arrêtes TOUT LE TEMPS ! a martelé Vania.

Elle l'a regardé avec des lèvres tremblantes, comme si Elle réalisait qu'on ne plaisantait pas et qu'Elle n'avait plus le choix. Elle a essayé de sourire mais Elle n'y arrivait pas.

Ensuite, Elle nous a promis qu'Elle avait vécu sa dernière soirée difficile la veille et qu'Elle allait redevenir… Christèle Giroux. Elle s'est levée pour attraper une bouteille de gin entamée qu'Elle avait planquée derrière le frigo et en vider le contenu dans l'évier. Elle nous a demandé de lui faire confiance.

– Je me suis perdue. Sans votre père, c'est clair, je n'avais plus de repères.

On aurait cru le refrain d'une chanson. Et Vania et moi, on avait tellement envie de musique dans notre vie. On a accepté de la croire.

Elle a insisté pour qu'on parte. Pour une fois, Elle n'a pas crié qu'Elle allait mourir sans nous. Elle a juste murmuré :

– J'ai besoin de temps.

Alors un peu comme on plonge dans le vide, Vania et moi on a accepté. Une fois dans le train, quand on a vu sa silhouette devenir de plus en plus petite derrière la vitre de notre wagon, on a eu exactement la même réaction. Nos doigts se sont entremêlés. Une façon de s'assurer que, quelle que soit la suite, on serait toujours deux.

Je n'ai aucune envie de me souvenir de mon séjour à Versailles. Notre père a été aimable, souriant, de bonne humeur. Bref, le contraire de celui qu'Il a été à Noël. Il préparait son coup...

Il nous l'a présentée le troisième jour.

Et là, évidemment, son sourire permanent ne lui a été d'aucun secours. Vania et moi, on a fait bloc. J'ai déjà oublié le prénom de cette femme. Je sais juste qu'elle est à l'opposé d'Elle. Une grande blonde tout en os qui a désespérément essayé de nous soutirer quelques mots. Mais faire parler un mur, c'est impossible.

Plus tard, Il s'est justifié. « Vous savez, c'est la vie... Je n'avais pas prévu... L'amour m'est tombé dessus... »

Là, j'ai eu envie de vomir. Parce qu'il ne faut pas perdre de vue que pendant que « l'amour tombe » en cascade sur notre petit papa chéri, Vania et moi, on se débrouille comme on peut avec notre VDM. Donc, l'ambiance est devenue super tendue. J'ai passé encore plus de temps avec Camille et Moineau m'a pas mal suivie. Il commence à perdre de vue ses anciens copains d'école.

Par contre, Elle, on ne l'a pas perdue de vue ! On l'a appelée deux fois par jour. Le matin et le soir. Plutôt tard pour vérifier. À chaque fois, sa voix était claire et presque... joyeuse ! C'était très bizarre. Comme si soudain, Elle évoluait dans un monde normal couleur bonheur.

Dire que j'ai peur est un bien petit mot. Je suis morte de trouille. Je ne sais pas qui nous attend au bout de ce voyage. Je ne sais pas si Elle est toujours là. Vania me secoue le coude et j'enlève mon casque.

– Je crois que j'ai oublié mon pull rouge dans la chambre chez papa, déclare-t-il en bâillant. Celui qu'il m'a offert.

– Tu veux que j'aille dans la cabine de pilotage pour demander au conducteur du TGV de faire immédiatement demi-tour ?

Vania hausse les épaules. Il n'esquisse pas l'ombre d'un sourire. Depuis qu'on est partis, je n'ai pas réussi à le dérider vraiment. Mon vieux petit frère...

– Tant mieux, je ne l'aimais pas ce pull rouge, finit-il par déclarer. Il a dû le choisir avec la blonde.

Je lui souris en lui tendant la paume de ma main. Il vient taper son poing tout contre.

– T'as bien raison Moineau. Vu la tête qu'elle a, elle n'achète que des pulls moches. T'as vu ses fringues d'ailleurs ?

Je fais mine d'avoir un haut-le-cœur. Finalement, on finit le voyage en plaisantant à propos de la « nouvelle » et on arrive à en rire un peu ! Par contre, quand le train s'immobilise dans la gare, c'est immédiat. On redevient très sérieux.

On l'aperçoit vite en bout de quai. Elle ne court pas, ne nous serre pas à nous étouffer, ne nous dit pas qu'Elle a pensé à mourir chaque jour. Elle m'embrasse et ébouriffe la tignasse de Vania, ensuite, Elle prend notre sac et nous pose quelques questions… normales. On évite soigneusement de parler de Lui. On reste dans les banalités d'usage. Dans la voiture, je ne cesse de lui jeter des regards en coin. Elle est très légèrement maquillée, ce qui est inhabituel, et je sens son parfum depuis ma place. Dans le rétroviseur, je me rends compte que Vania fait la même chose que moi. Il la fixe, un peu comme on contemple une œuvre d'art.

Pendant le dîner, Elle nous parle de ce qu'Elle a fait pendant notre absence. Elle a recommencé à chercher du travail. Elle a bon espoir. Ensuite,

Elle se met à parler tortues avec Vania. Il sourit si fort qu'il va se luxer les mâchoires. Son bonheur me réjouit. J'essaie de me joindre à leur discussion enjouée mais je n'arrive pas à être aussi détendue qu'eux.

Pourtant Elle a rempli le contrat. Elle semble clean. Du moins, Elle fait tout pour qu'on l'imagine. Alors pourquoi une petite voix intérieure me dit-elle de ne pas m'emballer ? Je veux continuer à la croire. Je veux que ce rêve éveillé soit réel. Maman est là, avec nous.

– Marina, tu as eu un problème à Versailles ? Je te trouve bien soucieuse... me demande-t-Elle soudain.

Je me force à prendre l'air le plus cool possible. Je donne des news de Camille que ma mère a toujours adorée. Je me justifie en mode « la rentrée au collège me stresse ». Tu parles !

Quoique... La seule chose qui me stresse un peu, c'est d'expliquer à Forestier pourquoi je lui ai raccroché au nez. Il va falloir que je m'explique aussi à propos de mon numéro de portable inscrit sur la fiche de renseignements.

Et en même temps, je me dis que peut-être... Je vais pouvoir donner son vrai numéro ?

Après le dîner, Moineau vient me parler en douce.

– T'as vu Marina ? Ça fait longtemps que maman n'était pas aussi bien ! Je crois qu'elle est guérie !

Pourquoi cette phrase me met les larmes aux yeux ? Je détourne le regard avant de murmurer :

– Oui, Elle va beaucoup mieux tu as raison.

– Tu peux dire « maman » ! insiste mon frère.

J'acquiesce et je prépare mon sac de cours pour avoir l'air occupée. Quand Elle arrive dans ma chambre pour me souhaiter une bonne nuit, Elle saisit l'un des deux livres que j'ai préparés sur mon bureau pour les rapporter au CDI.

– Oh ! J'ai lu ce bouquin quand j'étais au collège ! s'exclame-t-Elle. J'avais beaucoup aimé les histoires fantastiques de Maupassant !

Elle le feuillette avant de demander :

– C'est un de tes copains « J. Forestier » ? Il y a son adresse ! C'est mignon ! Il te poursuit pendant tes lectures !

Elle exhibe un marque-page qui était déjà dans le livre quand la prof doc me l'a passé. Je ne m'en suis pas servi et l'ai laissé là sans le toucher. Je jette un œil dessus, intriguée.

« J. Forestier »

Je n'en connais qu'une seule…

Je hausse les épaules en expliquant à ma mère que ce sont les coordonnées de la prof doc et on parle un peu du livre. Elle m'embrasse et je profite encore de son parfum. J'ai envie de le garder sur moi cette nuit. Comme un doudou qui me protégerait de mes peurs.

Ensuite, Elle va embrasser Vania dans sa chambre. Il la serre dans ses bras comme si Elle pouvait disparaître à tout instant.

Quand j'éteins ma lampe de chevet, je respire fort. J'essaie de capter de minuscules particules de son parfum qui doivent encore flotter dans l'air. Je tends l'oreille comme je le fais souvent le soir. Parfois, en étant très attentive, j'arrive à saisir des bruits de bouteille. Dans ces cas-là, je pleure en silence.

Ce soir, j'entends le ronronnement de la télé.

C'est un soir normal.

Alors pourquoi j'ai quand même envie de pleurer ?

10 mai

Justine

– Tu as une nouvelle coiffure… Tu… Ça te va bien !

Justine a d'abord rougi. Ensuite, elle a secoué la tête, comme pour dire « non, n'en rajoute surtout pas ! »

C'est la troisième fois qu'on lui fait ce compliment depuis qu'elle est revenue au collège ! La veille, Bérénice a été la première à remarquer qu'elle n'essayait plus de discipliner ses cheveux à tout prix et que ça lui allait bien. Ensuite, une des élèves de 3e B a lancé « Très chouette votre nouveau look madame ! ». Aujourd'hui c'est Grégoire le prof de maths qui la dévisage dans la salle des profs. Depuis leur voyage avec les quatrièmes B, il est moins timide et ils discutent assez souvent ensemble.

Justine se concentre sur le mug de thé qu'elle tient à la main, histoire de cacher son embarras. Grégoire est déjà passé à autre chose mais sa remarque résonne encore. Il a eu l'air surpris ce matin. Et ce n'est pas seulement une question de coiffure. La jeune femme sent qu'elle est en train de changer.

– Que penses-tu des premiers panneaux réalisés par mes élèves ? Pas mal non ?

Justine était perdue dans ses pensées et Bérénice la fait sursauter. L'exposition concernant le voyage en Angleterre approche et les quatrièmes B ont déposé leurs travaux au CDI la veille. Marina était au collège mais elle ne s'est pas montrée. Justine l'a juste croisée dans un couloir alors qu'elle s'apprêtait à partir.

– Tu ne m'as pas rapporté tes livres ! lui a-t-elle lancé. Tu ne les as pas encore finis ?

Marina a secoué la tête rapidement et elle s'est envolée. Justine commence à avoir l'habitude de la voir disparaître ainsi. Mais cette fois-ci, elle a eu le cœur un peu plus serré que d'habitude. Est-ce parce que l'adolescente a paru exaspérée par son intervention ou est-ce parce que la fin de l'année approchant, Justine a réalisé qu'elle n'avait jamais vraiment réussi à établir une relation de confiance avec Marina ? En tout cas, en montant dans le bus, la veille au soir, Justine a ressenti un sentiment d'impuissance. Elle qui commence à poser ses valises, elle aurait aimé aider Marina à se débarrasser des siennes.

Ou du moins à les rendre moins lourdes.

En quittant la salle des profs, elle passe devant l'espace administration. Sur l'un des murs, figurent les photographies de l'ensemble du personnel du collège. Une lubie du nouveau principal qui a demandé que chacun fournisse un photomaton récent. Elle a toujours refusé de regarder son portrait qu'elle déteste. Aujourd'hui, elle s'arrête devant et se dévisage. La photographie date du mois de septembre et Justine y a une mine si sévère qu'on lui donne facilement dix ans de plus que son âge. Elle se détourne pour jeter un coup d'œil rapide sur son reflet dans la vitre d'en face. Et elle se sourit.

Et tant pis si la surveillante qui passe à ce moment-là la surprend.

C'est la première fois qu'elle se donne le droit de s'aimer… un peu.

En traversant la cour, elle regarde les jeunes qui traînent en grappes. Certains discutent, d'autres s'interpellent en riant. Quelques sixièmes courent en poussant des cris sauvages. Elle ne peut pas s'empêcher de chercher Marina. A-t-elle profité du temps méridien pour lire un peu au soleil ? Comme elle ne la voit pas, elle se hâte vers le CDI.

Son cœur fait un petit bond dans sa poitrine lorsqu'elle découvre l'adolescente assise par terre devant la porte.

Elle est seule. Elle l'attend.

La prof se dit qu'elle ne s'est pas assez préparée pour ce rendez-vous mais elle n'a plus le temps. Elle doit se jeter à l'eau tout de suite. Ça la rend nerveuse et elle espère que Marina ne le voit pas.

– Vous avez changé de coiffure, déclare celle-ci en se relevant. C'est mieux, vous avez bien fait !

Justine a un peu de mal à ouvrir la porte. Elle se concentre sur ses clés, ce qui lui évite de montrer son trouble.

– Tu as passé de bonnes vacances ? lui demande-t-elle en entrant enfin dans le CDI.

Marina ne lui répond pas. Elle pose ses deux livres sur le bureau avant de dire :

– Vous avez d'autres suggestions de lecture pour moi ?

– Je dois en conclure que tes vacances ne sont pas dignes d'intérêt ? insiste Justine.

– Vous devez surtout en conclure que je préfère lire que parler.

Marina se tourne ensuite vers la fenêtre. Elle se ronge l'ongle du pouce machinalement. Elle fixe la cour d'un air absent, comme détachée du monde qui l'entoure.

Justine se poste à ses côtés. Elle regarde les adolescents qui s'agitent au dehors. La plupart d'entre eux sont heureux et insouciants. Le contraire de ce qu'elle a été à leur âge.

Alors, elle se tourne vers Marina et murmure :

– Moi aussi je préfère lire que parler. Mais… pour autant, les livres ne doivent pas servir de rempart. Ce sont juste des passerelles qui nous permettent parfois de quitter notre monde. On peut se réfugier momentanément dans la lecture. Pas éternellement.

L'adolescente reste immobile et silencieuse. Seules ses mâchoires qui se crispent semblent indiquer un semblant de réaction.

– Parce qu'il y a toujours un moment où la vie nous rattrape, ajoute la prof d'une voix si basse qu'il faut tendre l'oreille pour l'entendre.

Marina cesse de mâchouiller son ongle. Son front se plisse et elle grimace.

– C'est vous qui dites ça alors que vous êtes documentaliste et que vous passez vos journées à conseiller des livres ! Vous avez bien vu ce que vous avez fait avec moi ? Lis ça Marina, lis ça aussi… Et après, vous m'expliquez qu'il ne faut pas se réfugier dans la lecture ?

Justine ne répond pas tout de suite. Elle sait à quel point le moment est important. Elle voudrait que les secondes s'allongent indéfiniment pour lui laisser le temps de trouver les mots justes. La phrase exacte qui atteindra son objectif.

Comme une flèche se plante au cœur de la cible.

– Non… Je te conseille juste de ne pas faire de tes livres une forteresse qui t'isole de ta vraie vie. À la façon des princesses des contes qui montent en haut de la tour pour regarder le monde de très loin. Il vaut mieux affronter les dragons qui menacent. Et plus tôt on le fait, plus dégagée sera la route à venir.

– Parce que vous vous y connaissez aussi en dragon ? lâche Marina d'un ton agressif.

– Plus que tu ne peux l'imaginer Marina ! lui répond Justine en détournant le regard. Mais moi, je suis restée trop longtemps bloquée dans ma tour. C'est la raison pour laquelle je peux t'en parler.

Le silence envahit le CDI. Il enveloppe la prof doc et son élève.

L'espace d'une seconde, leurs regards se croisent. Justine avait oublié à quel point les yeux de Marina sont expressifs. Leur couleur évoque celle des lagons lointains.

Aujourd'hui, ils n'expriment que fatigue et résignation. Comme si une tornade avait balayé le paysage.

Le bruit d'une cavalcade retentit soudain dans le couloir. La porte s'ouvre avec fracas et un groupe d'adolescents bruyants pénètre dans le CDI.

– Oh madame Forestier, vous avez fait quoi à vos cheveux ? lance l'un d'entre eux. C'est trop cool votre coiffure !

Justine remercie pour le compliment et demande un peu de calme aux garçons qui rugissent plus qu'ils ne parlent.

Lorsqu'elle se retourne, Marina a disparu.

Fidèle à ses habitudes, elle a préféré fuir.

C'est ce qu'a toujours fait Justine. Et c'est exactement ce qu'elle ne veut plus jamais faire.

11 mai

Marina

Pinocchio quand tu mens trop, ton nez s'allonge... Pinocchio quand tu mens trop...

Ce refrain tourne en boucle dans ma tête et je n'arrive pas à m'en débarrasser. C'est incroyable comme notre mémoire garde des choses inutiles en stock ! Genre le générique d'un dessin animé que je regardais quand j'avais six ou sept ans ! Il est réapparu sans que je comprenne comment.

Par contre, au niveau du pourquoi, pas d'hésitation.

Ça pue dans la cuisine. Je viens de vider trois bouteilles à moitié pleines dans l'évier et le mélange gin/vodka, c'est super fort. Je déteste cette odeur. Je ne pourrai jamais boire une goutte d'alcool. Est-ce que les enfants d'alcooliques sont assurés d'être clean toute leur vie ? « Big question ! » comme dirait Camille.

D'ailleurs, pendant mon dernier séjour à Versailles, on a parlé alcool elle et moi. On a été invitées à une soirée chez un de ses copains que je ne connaissais pas. Il n'y avait aucun adulte et très vite deux bouteilles de vodka ont circulé. J'ai vu des ados boire d'énormes rasades directement au goulot. Moi, rien que sentir l'odeur, j'avais envie de vomir. Sur eux, de préférence. Mais quand Camille s'est emparée d'une des bouteilles, là, par contre, j'ai pété un plomb. Direct.

– OK, j'ai lâché très énervée. Ma meilleure copine est aussi conne que les autres. Tu vas boire comme eux ?

– Eh oh, déstresse ! m'a-t-elle répondu en riant. Deux ou trois verres, c'est pas la mort non plus !

– Sauf que tu n'as pas l'habitude et que ce type d'alcool fort, c'est juste dégueu. Donc, je te préviens Camille, c'est ta vie, mais ne m'oblige pas à te regarder faire n'importe quoi.

J'ai pris le chemin de la sortie. J'avais envie de hurler. Camille m'a rattrapée. Je ne sais pas si elle a compris pourquoi j'étais tellement en colère mais elle ne m'a pas laissé exploser en plein vol.

– OK, OK Marina, t'as raison. Allez, je ne vais pas rester seule. Viens, ils vont mettre *End of night* et je sais que tu adores autant que moi cette chanson.

On n'a plus reparlé bouteilles ou alcool après ça. On a juste dansé.

On a aussi assisté au semi-coma de deux garçons qui, à la fin de la soirée, n'arrivaient plus à se lever.

Moi je savais qu'il fallait qu'ils boivent beaucoup pour se réhydrater mais je n'ai rien dit. Je les ai laissé comater.

Bien fait pour eux.

Je rince l'évier pour la dixième fois. J'ai l'impression que l'odeur a imprégné les murs. J'espère que Vania ne sentira rien en rentrant de l'école. Il y croit encore, lui. Il pense que sa maman « est guérie ». Il est persuadé qu'Elle ne boira plus jamais. Il ne peut pas se douter qu'Elle continue avec SA réserve secrète.

Ha ha ha.

Il faut dire qu'on a affaire à la plus grande menteuse de tous les temps. Pinocchio, à côté, c'est un débutant !

Pinocchio quand tu mens trop, ton nez s'allonge...
Pinocchio quand tu mens trop...

Je vais descendre les bouteilles dans le container avant qu'Elle ne revienne.

Surprise, « maman » ! Cours vite à tes cachettes où il n'y a plus RIEN !

Elle m'aura au moins rendu un service : je suis devenue super entraînée pour trouver des planques puisque je crois avoir mis la main sur toutes les bouteilles qu'Elle a dissimulées ! J'ai développé un sixième sens pour de bon. Après... est-ce que ça m'aidera dans ma vie future ? J'ai un doute. Ça m'aurait été plus utile d'avoir une famille normale.

Trente et une marches. C'est immuable. L'immeuble n'a pas changé d'un pouce depuis notre arrivée. Comme Elle.

Mais pas comme ma prof doc, par contre. Elle a un nouveau look même si ses yeux sont toujours aussi perçants derrière ses lunettes. C'est drôle, j'ai rêvé d'elle cette nuit ! Elle était sur un donjon en robe et chapeau du Moyen Âge et elle regardait au loin, la main en visière. Il y avait de minuscules dragons qui broutaient dans la plaine et elle leur disait bonjour. Et puis il y en a eu un énorme qui est apparu et qui a arraché la tour d'un coup de patte.

Je ne sais pas ce qu'elle est devenue parce que je me suis réveillée en sursaut.

Après, j'ai gardé cette image de monstre en tête et je n'arrivais plus à me rendormir.

Du coup, j'ai repensé à ma conversation avec Forestier au CDI. Je l'ai entendue à nouveau affirmer qu'il ne fallait pas faire une forteresse de ses livres et tout et tout. Qu'il fallait accepter de vivre « pour de vrai » et pas à travers des récits.

Moi je veux bien.

Mais alors, qu'on change les décors et les personnages de mon histoire personnelle !

Les bouteilles font un vacarme épouvantable en tombant dans le container. Il n'y a pas si longtemps, c'était mon père et Vania qui allaient à la décharge une fois par mois et ils avaient inventé un refrain débile : *Pou-belles, on est les éboueurs, Pou-belles, pour votre grand malheur !*

Bon il faut que j'arrête avec les chansons moisies parce que ça me fait encore pleurer.

Pas autant que ma dernière découverte mais pas loin.

Et pourtant, j'étais comme Vania. J'avais sacrément envie d'y croire, moi, à son histoire de « renaissance ». Je l'ai appelée « maman » toute la journée d'hier, c'est dire.

Ce qui est fou, c'est que si Forestier ne m'avait pas parlé de tour et de dragons, j'aurais eu un peu de répit. Quelques jours, une semaine… pendant lesquels j'aurais continué à croire à cette histoire cousue de fil blanc « Kikou, Christèle Giroux est de retour parmi nous, on est contents, on l'applaudit bien fort pour ses efforts ».

Ce soir, en rentrant du collège, j'ai repensé à mon rêve et à cette étrange discussion que j'ai eue avec la prof doc. Pendant le chemin du retour, j'ai bouclé sur son histoire de princesse en haut d'une tour. Et j'ai fini par me poser une question :

« Marina, franchement, est-ce que tu n'es pas un peu perchée toi aussi ? Descends de ta forteresse affronter tes dragons. Tant pis si ça fait mal. »

C'est comme ça que je me suis mise à fouiller. Partout.

Je voulais y croire, c'est vrai. Mais je n'y croyais pas.

La suite, ce sont mes larmes qui ont coulé à flots quand j'ai mis la main sur la première bouteille planquée dans le placard de sa chambre, sous une pile de pulls.

À la troisième, j'ai arrêté de pleurer parce que la chanson de Pinocchio a envahi ma tête.

Comme je n'en peux plus, j'ai décidé d'aller chercher Vania.

J'arrive juste au moment où sa classe sort. J'ai envie de crier : « Regardez-le, c'est MON frère, C'est MON Moineau ! Il a juste neuf ans, une VDM mais c'est le plus fort des CM1 ! » Quand il m'aperçoit, il fait un petit signe très discret, en mode « je ne vais pas non plus dire à tout le monde que ma sœur aînée vient me chercher ». Ça me fait sourire. Sur le chemin, on papote tranquillement lui et moi.

Enfin, il parle et j'écoute. Il est radieux, comme un petit garçon qui vient de finir sa journée d'école et qui rentre chez lui, dans une famille normale. Moi je suis hyper nerveuse comme quelqu'un qui sait que son petit frère ne rentre pas chez lui dans une famille normale. On achète une tablette de chocolat pour le goûter et je lui prépare un sandwich comme il les aime.

J'ai le sentiment qu'au moins il aura eu un pur moment de plaisir. Parce que je sais que ça ne va pas durer.

Mon ventre se noue en regardant les minutes avancer.

Scoop pas gai : g cassé avec Eliot il aimait plus le foot que moi Smiley qui se désole mais pas trop.

Je souris. Les messages de Camille sont comme des papillons pour moi. Ils volettent quand autour de moi la vie est lourde et pesante.

– C'était super dur le contrôle de géométrie, se lamente Vania en goûtant. Et je n'arrivais pas à voir les réponses sur la feuille de devant alors que d'habitude…

– Mais dis donc Moineau ! Je ne copiais jamais sur mes camarades, moi au CM1 !

Vania fait exprès de me répondre en me postillonnant dessus et je l'attaque en bonne et due forme. Il finit mort de rire par terre puisque je le chatouille pour le punir.

C'est la porte d'entrée qui claque qui nous interrompt.

Il est 16 h 15. Elle rentre juste. Elle nous rejoint dans la cuisine et tout semble toujours normal. Pour quelqu'un qui ne nous connaîtrait pas, on pourrait passer pour une famille comme les autres. On discute, on échange. On sourit…

C'est plus tard que les choses se gâtent. Au cours du dîner, Elle est déjà moins souriante. Elle devient très nerveuse. Elle se lève, se rassoit, passe du coq à l'âne, gronde Vania parce qu'il renverse son verre, regarde la pendule douze fois, ne finit pas son assiette, soupire dans le vide, se gratte la main, débarrasse la table avec fracas, me pose une question, n'écoute pas la réponse, plie et déplie sa serviette, gronde encore Vania parce qu'il « lambine comme une tortue ».

Un autre jour, je me serais tue. J'aurais essayé d'alléger l'ambiance en racontant une anecdote pour faire rire tout le monde. Le dîner aurait pu s'achever normalement. Et on aurait filé dans nos chambres pour la laisser vivre une énième soirée de poivrote. Sauf que je viens de descendre de la tour où vivent les princesses qui croient encore aux histoires et que je ne compte plus y remonter.

– Tu ne peux pas lâcher Vania pendant le repas ? je lui lance, excédée. Tu as besoin de lui aboyer dessus ?

– Mais dis donc, tu vas me parler autrement ? me répond Elle le visage fermé. Tu te prends pour qui ?

– C'est quoi le problème, ce soir ? Tu n'as pas eu ta dose, c'est ça ? Tu attends qu'on dégage pour te précipiter vers ton butin secret ? Tu as oublié de le dire à « tes amours », hein, que tu as un trésor bien caché ?

Elle se décompose. C'est incroyable mais je vois presque le sang se retirer de son visage en direct. Une marée descendante.

– Tais-toi Marina. Tu mens devant ton frère et tu ne sais pas ce que tu dis, marmonne-t-Elle entre ses dents.

– Ben non. Je ne vais plus me taire. Et toi, au moins ce soir, tu ne vas plus boire. J'ai vidé ta réserve de bouteilles entamées. C'est mon cadeau perso pour la fête des mères. Je sais, je suis un peu en avance.

Vania est aussi blanc qu'Elle. Il vient de tout se prendre en pleine face lui aussi.

Elle se lève. Elle me domine de sa hauteur. Le regard qu'Elle me jette est comme un coup de poignard en plein cœur.

Il n'y a plus une once d'amour dans les yeux de ma mère.

– Dis-moi que ce n'est pas vrai, Marina. Tu n'as pas vidé mes bouteilles ? murmure-t-Elle en approchant son visage du mien.

Je hoche la tête de bas en haut, longtemps pour lui montrer que si, envers et contre Elle, je l'ai fait.

Elle recule lentement.

Ensuite, Elle quitte la cuisine.

Elle quitte notre appartement aussi.

La porte claque fort. Je fixe un point sur la nappe. Une tache qui n'est jamais partie. Je ne veux pas relever la tête parce que j'ai trop peur de croiser le regard de mon frère.

Pire que ses pleurs, il y a sa voix. Elle est tremblante et chargée de sanglots lorsqu'il me dit :

– Marina, j'ai envie de mourir.

12 mai

Justine

Justine s'est réveillée avec un nœud à la gorge. Un pressentiment.

En se levant, elle a affronté son reflet dans la glace comme chaque matin depuis quinze jours. Et quand elle entend Sa voix, elle part au combat.

Elle Lui crie de se taire, de la laisser tranquille. Elle Lui explique qu'elle a changé, qu'elle n'a plus peur de Lui, et qu'elle commence à accepter le regard des autres. Elle Lui dit qu'Il lui a brisé les ailes et qu'elle ne s'envolera jamais bien haut, mais qu'elle se contente de marcher parce qu'on peut accomplir de longues distances sur ses deux pieds. Elle Lui explique que depuis quelque temps, elle a l'impression de faire de plus grands pas qu'avant et que c'est une vraie sensation de liberté pour elle.

Et à force de dire tout ça… La voix se fait de plus en plus rare.

Pour autant, celle de Martin ne lui succède pas. Il n'a jamais répondu à son message et elle n'en a pas envoyé un autre. Elle a fermé la porte et voilà.

Par contre, dans la salle des profs, elle laisse le regard de Grégoire s'attarder sur elle sans baisser les yeux. Et ça, c'est totalement nouveau dans sa vie.

Ce matin, elle a pu s'habiller et se coiffer sans être perturbée mais en sortant de chez elle, elle s'est sentie tendue. Elle a recommencé à compter. Les marches pour descendre de l'immeuble, ses pas jusqu'au bus. Tous ses rituels sont réapparus, comme autant de boucliers protecteurs. Dans le bus, elle a envoyé un message à sa sœur pour vérifier que tout allait bien.

Et tout allait bien.

Depuis deux mois, elles ont pris l'habitude de s'envoyer de petits messages. Plusieurs par semaine. Justine apprécie de plus en plus ces rendez-vous. L'occasion d'échanger des banalités avec, de temps en temps, une phrase douce plus émouvante. Depuis qu'elles ont réappris à se parler, elles prennent plaisir à entretenir les braises d'un feu qui réchauffe « leurs cœurs de sisters », comme aime le dire Emma.

En entrant dans le collège, la jeune femme s'est raisonnée. « Justine s'est évaporée et madame Forestier s'assume de mieux en mieux. » Elle a répété cette phrase plusieurs fois dans sa tête, comme un mantra.

En accueillant les quatrièmes B en deuxième heure, elle a appris que Marina était absente. Elle a compris pourquoi elle s'était réveillée anxieuse. Depuis le début, elle a le sentiment qu'un fil invisible la rattache à cette adolescente sans qu'elle puisse l'expliquer.

Elle est angoissée comme s'il venait de se rompre.

– Tu te sens bien Justine ? lui demande Bérénice qui vient chercher ses élèves. Tu es blanche…

Justine secoue la tête. Elle prétend qu'elle dort mal. Ensuite, elle parle de Marina et de ses absences qui se répètent depuis le mois dernier.

– Tu sais, les élèves absents, il y en a tous les jours toutes les semaines ! déclare Bérénice avant de quitter le CDI.

Oui, Justine est parfaitement au courant.

Mais Marina est repartie sans livre la dernière fois qu'elles se sont vues. Et puis, elle a quitté le CDI après un échange assez difficile. Un échange que Justine aurait tellement voulu prolonger en le nuançant. Elle se dit qu'elle a été trop directe. Qu'elle n'était pas assez préparée.

Elle essaie d'ailleurs de retrouver les mots exacts qu'elle a employés. Du coup, elle est distraite toute la matinée. Et déconcentrée l'après-midi. Elle envoie deux messages sur le portable de Mme Giroux… qui est forcément celui de Marina. Mais ils restent non lus.

Quand elle ferme le CDI, elle est encore plus angoissée. C'est une vague qui est en train de la recouvrir. Un souvenir très ancien qui affleure et qui fait mal. Celui d'un après-midi gris… il y a longtemps.

Elle avait passé la soirée de la veille à L'affronter. Il était ivre et Il beuglait des horreurs. Il lui avait dit que s'Il avait eu la même tronche qu'elle, Il aurait préféré mourir.

« *Qu'est-ce que tu fous encore là ? Tu ne vois pas que t'es en trop !* » lui avait-Il crié.

Sa mère avait tenté de Le faire taire mais Il avait fini par terre à éructer des mots inintelligibles. Après, comme à chaque fois, elle était venue parler à Justine. Elle avait répété qu'Il n'avait plus toute sa tête, que l'alcool Lui avait perverti l'âme, et puis qu'il ne fallait pas…

Justine avait cessé d'écouter sa mère. Mais elle avait pris la décision de disparaître. Pour de bon.

Et le lendemain, en quittant le collège, sur le chemin, elle avait passé ses deux jambes par-dessus le pont de l'autoroute. Elle regardait les voitures passer en trombe sous ses pieds. Elle se disait qu'il suffisait d'une petite impulsion. Plus jamais elle n'entendrait Sa voix.

Elle allait sauter.

Elle avait fait mentalement le tour de l'appartement. Elle avait revu sa mère dans la cuisine, chassé l'image de son père dans le canapé, visualisé sa chambre. Et puis, sans le vouloir, elle avait zoomé sur sa bibliothèque… les livres qu'elle collectionnait précieusement depuis qu'elle savait lire. Elle avait aperçu celui qu'elle venait de commencer. Il était sur son lit. Elle le voyait nettement. *1984* de George Orwell avec cet œil géant qui prenait beaucoup de place sur la couverture.

C'est à ce moment-là qu'elle avait basculé ses pieds de l'autre côté du parapet, dans le bon sens.

Pour eux. Pour Winston qui luttait contre Big Brother. Pour cette histoire qu'elle allait finir et pour les autres qui l'attendaient. Pour les livres, tout simplement.

Justine avait accepté de faire marche arrière ce soir-là. Et comme elle devait la vie à ses chers livres, quoi de plus normal qu'elle la leur consacre.

Aujourd'hui, elle se dit qu'en réalité, elle s'est servie d'eux pour se protéger des autres.

Mais Marina… elle… quel peut être son refuge ? Et comment a-t-elle interprété le discours de Justine ? Quels dragons est-elle en train d'affronter pour ne plus venir au collège ? A-t-elle envie de disparaître, elle aussi ?

Justine est agitée en rentrant chez elle ce soir-là. Elle met la moitié du verre de riz par terre en le versant dans la casserole… qu'elle oublie sur le feu.

Après avoir dîné, elle essaie d'envoyer un message sur le portable de Marina. Elle ne l'ouvre pas, comme les autres.

Justine finit par s'asseoir dans le canapé. Elle allume la radio.

Ce sont les coups frappés contre sa porte qui la sortent de ses pensées.

Justine sursaute et par réflexe, elle regarde sa montre. Il est près de 21 heures et elle n'attend aucune visite, c'est clair.

Après une interruption, les coups reprennent.

Sa voix lui fait l'effet d'un électrochoc.

12 mai

Marina

Je crois avoir fait le tour de la ville.

Ce qui me rassure, c'est que Vania ait classe aujourd'hui. École signifie loin d'Elle. Et loin d'Elle… Il redevient un petit garçon.

Quand il m'a avoué son envie de mourir hier soir, j'ai éclaté en sanglots. J'ai toujours essayé d'être forte pour lui, mais là, je n'ai pas pu. On a fini comme deux misérables dans les bras l'un de l'autre. Le stock de larmes est VRAIMENT inépuisable. Et c'est injuste quand on pense que l'eau de la planète, elle, s'épuisera un jour.

On s'est couchés super tard parce qu'on voulait guetter le moment où Elle allait rentrer. Elle est revenue un peu après minuit. Disparu son doux parfum, c'est clair.

Elle a rejoint son lit toute seule et on ne s'est pas levés pour voir dans quel état Elle était.

Quand on est partis Vania et moi ce matin, la porte de sa chambre était fermée. Je ne suis pas allée voir comment Elle allait.

Ma décision était prise.

C'est moi qui ai déposé Moineau devant le portail de son école. Je voulais être sûre de le placer à l'abri. Il n'a pas compris pourquoi je tenais à l'amener ce matin, mais je lui ai affirmé que ma première heure de cours avait sauté.

Tu parles ! C'est mon cerveau qui vient de disjoncter.

Pas de collège aujourd'hui.

J'ai besoin de réfléchir. Pour dire adieu à ma VDM.

Je tourne et je vire. C'est la quatrième fois que je passe devant le Mac Do. Je n'ai pas faim et pourtant il est près de 15 heures. J'ai maigri ces derniers temps mais personne ne l'a remarqué. Vu ce que je mange, ce n'est pas étonnant.

Est-ce que les enfants d'alcooliques sont maigres toute leur vie ? « Big Question », hein Camille ? En parlant d'elle, je ne suis pas sûre qu'elle comprenne le message que je lui ai envoyé ce matin.

Changement de cap, ma Cam. Ne m'en veux pas si je reste silencieuse. Gros chantier en cours. Je me calfeutre.

En plus je n'ai mis aucun smiley ni quoi que ce soit d'explicite avant d'éteindre mon portable. Tant pis. Je suis incapable de lui parler.

Je ne suis pas capable de grand-chose pour être honnête. Elle est marrante Forestier ! Il faut descendre de sa tour, OK. Mais après, c'est quoi la marche à suivre ?

Je repense à une phrase affichée sur l'un des murs du CDI, juste au-dessus du bureau de la prof. C'est une maxime de Bertolt Brecht, un auteur dramatique allemand du xxe siècle. La prof doc l'a recopiée de sa plus belle écriture.

« Celui qui combat peut perdre mais celui qui ne combat pas a déjà perdu. »

Je me souviens que le jour où elle a accroché cette sentence, Sam était au CDI, juste à côté de moi. Il s'est esclaffé :

– Donc madame Forestier, vous autorisez les combats de boxe ? C'est officiel ?

La prof doc a secoué la tête en levant les yeux au ciel. Elle nous a parlé de Bertolt Brecht et de ce qu'il avait écrit avant d'expliquer la notion de « combat » pour Sam.

J'ai lu cette phrase machinalement des dizaines de fois depuis. Et elle vient d'apparaître dans ma mémoire, en mode automatique.

OK OK cerveau de Marina, je t'écoute. Tu veux me dire quoi ? Que je dois me battre ? Qu'Elle ne s'est pas assez battue ? Ou alors que le combat ultime m'attend ?

C'est vrai que l'heure approche.

Je m'arrête dans une boulangerie et j'achète un croissant que je picore. Je n'arrive pas à le finir. J'ai l'estomac noué. La gorge serrée. Les mains moites. Je ne suis pas stressée. Je suis au-delà. Voilà plusieurs mois que j'ai basculé dans ce monde où mes sens sont en alerte. Tout le temps. Je regarde, j'écoute, je sens. Chez moi, je passe mon temps à traquer les signes qui m'éloignent de ma mère. Au collège, je suis un radar silencieux qui cherche l'invisibilité. Pas de répit. Pas de repos. La nuit peut-être ? Et encore, les rêves sont là pour me rappeler la réalité…

J'aurais pu tenir longtemps encore. Je suis forte. Fatiguée, mais toujours debout. Là, il ne s'agit plus de moi. C'est Vania qui ne tient plus la route.

Justement, il sort de l'école. S'il est surpris de me voir, il ne le montre pas. Je lui tends le croissant que je lui ai acheté. On ne dit pas un mot. J'ai l'impression qu'il comprend.

En ouvrant la porte de chez nous, mes mains tremblent. Je veux qu'Elle soit là et pourtant je souhaite qu'Elle reste loin de nous.

Elle est sortie. L'appartement est super clean. Comme si Elle avait senti le danger et qu'Elle voulait nous montrer à quel point notre vie peut être… normale.

Dans sa chambre, le lit est fait, impeccable.

La cuisine a été nettoyée. Elle a passé l'aspirateur partout. Le frigo est rempli.

Sur la table, Elle a posé un petit mot.

Mes amours j'ai un rendez-vous je rentrerai un peu tard.

Pardon mille fois pardon pour hier. Je veux vous parler ce soir. Je vous aime mes soleils.

Je regarde Vania dont les yeux se sont encore remplis de larmes. Il faut que je lui dise.

Je le fais asseoir en face de moi dans cette cuisine que je déteste, dans cet appartement que je hais, dans cette ville que j'exècre.

– On va partir Moineau, je lui murmure. Je sais. Je t'ai toujours dit qu'Elle en mourrait. Mais là, il s'agit de notre survie. Tu comprends ?

Mon frère sanglote en silence. Je serre fort les mâchoires, les poings, les paupières avant de continuer.

– On ne la fuit pas. On quitte cet endroit où Elle vit entourée de bouteilles pour qu'Elle puisse les abandonner. Fais-moi confiance Moineau.

Comme je n'arrive pas à en dire davantage, je préfère me lever et préparer un sac. Je prends le minimum. Vania me regarde sans bouger. Il ne me parle même pas de sa Nintendo. Il me demande juste si on va lui laisser un mot nous aussi.

– Qu'est-ce que tu en penses ? je l'interroge en posant le sac dans l'entrée.

– Je pense qu'on devrait le faire, me répond-il d'un air grave.

Vania semble avoir quatre-vingt-dix ans d'un coup. Pour ça aussi, je dois le mettre à l'abri.

On décide d'écrire tous les deux. Vania rédige deux lignes. En bon élève, il répète soigneusement ce que je lui ai expliqué.

Maman Marina et moi on est obligés de te quitter. On s'envole juste le temps que tu abandonnes tes bouteilles.

Je t'aime fort fort fort fort fort fort

Il a ajouté un cœur énorme et il a pris le temps de le colorier ce qui me donne encore plus envie de pleurer. À côté de la sienne, je dépose la feuille sur laquelle j'ai écrit :

Maman,

Voilà plusieurs mois que tu ne vis plus avec nous. Tu as été remplacée par une Autre. Une sorte de double de toi qui vit une bouteille à la main. Moi, j'ai beaucoup lu pendant ton absence. Beaucoup lu et beaucoup pleuré. Ma vie étant une VRAIE histoire, la mienne, j'ai décidé qu'elle devait prendre le chemin que je veux lui donner. Et ce chemin-là, il s'éloigne du tien. Je veux juste te dire qu'on te quitte pour mieux te revenir. Mais, là, on ne peut plus te croire. Moineau vient avec moi. C'est lui que je dois surtout protéger.

Ne nous cherche pas et surtout ne t'inquiète pas. N'appelle pas papa, on n'est pas chez lui. On est à l'abri. En attendant que toi aussi, tu t'y mettes.

Et seule, tu n'y arriveras pas.

J'attends un signe de toi.

Marina

Vania repose la feuille et me demande d'une petite voix comment Elle va pouvoir nous faire signe si on part.

C'est à ce moment-là que je lui explique où on va. Il ne paraît pas surpris et ne me pose pas plus de questions. Mon frère a une confiance aveugle en moi. Ça me fait peur et en même temps, ça me rassure. Il a au moins une personne sur terre sur laquelle il peut compter.

Et moi... sur qui je peux compter ?

Je prends le sac que j'ai préparé, je referme la porte derrière nous, et un peu comme on se jette dans des eaux glacées, je dévale les marches de l'immeuble. Vania me suit.

Notre dîner au Mac Do est un vrai festin pour lui. Je le regarde dévorer ses frites avec appétit. À chaque fois qu'il a son âge, je m'en réjouis.

Je n'arrête pas de penser à Elle. Je regarde ma montre. Je me demande si Elle est rentrée.

Et puis ensuite, il y a cette phrase de Vania qui m'aide à aller jusqu'au bout.

– Tu sais Marina, si on fait ça c'est parce qu'on aime maman à la folie. Comme Elle s'est perdue, on la laisse se retrouver avant de revenir.

Je lui tends ma paume de main et il vient y caler son poing.

Ensuite, je ressors le marque-page que j'ai mis de côté et je relis l'adresse de Forestier. Elle habite à deux pas du Mac Do.

On tape au moins quinze fois avant qu'elle nous ouvre sa porte. Et encore, il faut que je l'appelle.

C'est la première fois de ma vie que je vois une prof de collège en pyjama. Elle fait des yeux de hibou derrière ses grosses lunettes en nous apercevant Vania et moi.

– Marina ? murmure-t-elle interdite. Mais qu'est-ce que…

Je ne la laisse pas finir sa phrase. J'ai préparé mes mots. Sauf que… tout se mélange. Alors je serre très fort la main de mon frère et je dis juste :

– C'est vous qui m'avez dit qu'il faut savoir affronter ses propres dragons. J'ai toujours suivi vos conseils de lecture alors j'ai décidé de suivre aussi vos conseils de vie.

Forestier ouvre grand la porte pour nous laisser entrer et c'est une fois chez elle que j'arrive à prononcer la phrase qui est en moi depuis si longtemps.

Ce secret que je cache.

Cette honte que je porte comme une croix.

– Notre mère boit. Elle est alcoolique. Elle n'arrive pas à arrêter. On ne s'en sort plus, mon frère et moi. Elle nous entraîne dans le vide et nous…

J'essuie mes larmes avec le mouchoir que me tend Forestier.

– Nous… On veut vivre, ajoute Vania.

L'autrice

Après avoir été professeure des écoles de nombreuses années, Sophie Rigal-Goulard est aujourd'hui autrice à plein temps. Elle aime inventer des personnages et les mener au gré de son imagination mais dans ce roman, elle a eu l'impression que les protagonistes écrivaient vraiment seuls leur histoire.

Marina et Vania sont l'incarnation du duo frère/sœur uni face aux épreuves, avançant main dans la main sur le chemin de la résilience.

Justine, elle, pourrait être un.e de ces profs passionné.e.s croisé.e.s par Sophie Rigal-Goulard au hasard d'une rencontre, de ceux ou celles qui savent transmettre leur amour pour la littérature et entrouvrir ainsi des portes cadenassées jusqu'alors.

Elles est un roman d'amours.

RAGEOT s'engage pour l'environnement en réduisant l'empreinte carbone de ses livres. Celle de cet exemplaire est de :
550 g éq. CO_2
Rendez-vous sur www.rageot-durable.fr

PAPIER À BASE DE FIBRES CERTIFIÉES

Cet ouvrage a été composé par IGS-CP
à L'Isle-d'Espagnac (16)

Achevé d'imprimer en Italie
en mars 2020
sur les presses de Grafica Veneta, Trebaseleghe.
Dépôt légal : mai 2020
N° d'édition : 7546-01